中國古典文學基本叢書

查慎行詩文集

第三册

〔清〕查慎行 著
范道濟 輯校

中華書局

本册目録

秋鳴集

敬業堂詩集卷十九

撇裘集

敬業堂詩集卷二十

遊梁集

敬業堂詩集卷二十一

皖上集

敬業堂詩集卷二十二

中江集

敬業堂詩集卷二十三

得樹樓集

敬業堂詩集卷二十四

賓雲集

敬業堂詩集卷二十五

炎天冰雪集

敬業堂詩集卷二十六

杖家集

敬業堂詩集卷二十七

過夏集

敬業堂詩集卷二十八

偷存集

敬業堂詩集卷十八

白蘋集起甲戌三月，終六月。

甲戌二月，將出都，作詩留別諸同年。座主清谿公見而垂和，有「下第情懷刀劍傷」之句，蓋用東野詩語也。時公亦將南旋，買舟通潞，命余隨行。東野不又云乎：「棄置勿復道，楚情吟《白蘋》。」他日舉以似公，公曰：「子庶能自廣矣。」

下第南歸留别同年姜西溟廖越千劉大山王崑繩李若華諸子二首

其一

一顧人間事不輕，敢將汲引望公卿。張羅天遠鴻雙去，彈鋏心粗劍一鳴。誤喜青燈回昔夢，枉煩芳草勸初程。歸人别有看花約，明日騎驢便出城。

其　二

明知歸計尚茫茫，且作無聊别帝鄉。下第兒還添客累，當歌酒或替人狂。膏肓痼疾貧難療，須鬢流年老易傷。聚鐵豈堪頻鑄錯，早收心力事畊桑。

虞山錢　谷屬題采藥圖二首

其　一

小年長日正遲遲，算是樵柯欲爛時。大抵人情多好勝，偶逢仙敵亦争棋。

其　二

玉柱金庭境久閒，頗聞巖谷異人閒。長鑱誰斸雲根斷，片片飛來盡出山。

奉陪座主徐公遊一畝園次吴京兆韻

履綦陳迹已多時，乙丑秋，先生召同人於此地雅集。十載重游醉不辭。初綻柳如時態軟，未開花爲閏年遲。罷官樂事苔邊杖，去國閒情局外棋。又是一番寒食過，餳簫聲裏雨如絲。

張灣舟次留别姚君山别峰兄弟

久作京華客，今知去住難。老方隨計吏，名不上春官。别酒青燈戀，離程白髮揜。眼明楊柳岸，稍喜見桅竿。

馬坊口大風送劉大山還京次座主韻

明波如鏡瀉天津，忽捲狂飆萬斛塵。酒色難寬臨别恨，楊花只似未歸人。家貧不信貪爲客，母在尤應重此身。重過杏園休悵望，等閒狼藉道旁春。

天津别姜西溟次韻

同是春風失意時，送君真覺拙言辭。杜陵旅食經年久，熙甫才名一第遲。青鏡從渠增算髮，白身輸客賭殘碁。老來别緒兼師友，那得并刀剪亂絲。

晚泊獨流

關城春向盡，小艇下津門。風止橋形直，潮來水氣渾。蒲魚喧晚市，櫻笋憶鄉園。歸路三千外，從人屈指論。

滄州阻風謝别峰同年餉酒二首

其　一

風程半日滯滄州，客恨除非醉即休。安得春江變春酒，薩摩陂外水如油。

其　二

青旗夾岸酒家樓，正坐囊空價莫酬。慚媿貧交分一斗，爲余親典黑貂裘。

大龍灣阻風奉次座主原韻

有聲南來猛如吼，白日無光移卯酉。荒灣曲岸萬木僵，摧折萌芽比腐朽。蛟螭勢奪虎豹窟，塵堁居前砂礫後。舟行逆水兼逆風，或跋其尾或掣肘。天公如醉意未豁，人事徒施力何有。先生晏坐百怪恬，萬籟無心發于喁。已憑忠信涉波濤，更列圖書環左右。詩成一笑自投筆，卧拓篷牕見星斗。江河日下是知津，高浪攤錢輸水手。青春忽忽乍經眼，平野茫茫一回首。此時看客挂征颿，何異癡狂中風走。乘流習坎吾有命，底用旁觀别妍醜。熟諳世路忌争先，飽閲人情能耐久。蹉跎不負遂初計，神貺先生亦良厚。檣烏斂翅旗脚迴，頃刻雲衣變蒼狗。鄉程有期行漸近，柈飣嘉魚樽貯酒。朝南暮北待公歸，肯讓山陰採樵叟。千點桃花一葉萍，鷗波正漲苕溪口。

德州同年李文衆招集見可園二首

其一

東風有約出京華，弭櫂相尋到水涯。得地百年因種樹，留春一日爲看花。明日立夏。亭臺縱好須賢主，子弟多才必世家。直得此間成茗艼，甕頭墨露不須賒。墨露，德州名醞也。品在盧酒之上。

其二

槐陰小徑轉閒坊，猶記田家舊草堂。田紫綸司寇鬲津草堂去文衆居半里余，去春同康飴過之。歸路重經疑昨夢，名園欲别惜韶光。濃熏酒氣荼蘼架，翠滴苔痕薜荔墻。最愛一軒幽絶處，紫藤花罩讀書牀。

四月十五夜鄭家口對月以江清月近人分韻五首

其一

孤舟淹旅程，初過平原郡。樹色燕帶齊，河流衛交汶。可憐一輪月，偏與愁人近。已經連

日風，更怕宵來暈。一笑起推篷，清光吾有分。余得近字

其　二

明月窺我船，我影在船窗。我起却望月，影落玻瓈江。人影與月影，無端各成雙。泡幻豈有情，妄見生紛龐。不如抱影坐，閉目心自降。右和江字

其　三

風止波亦息，濁流同一清。小杓夜分江，龍頭注茶鐺。須臾波心月，却向杯底生。我醉竟吸之，謂是方諸精。孤光入懷抱，耿耿留空明。右和清字

其　四

鄰舟悄無聲，高卧如避月。此時欸舷歌，撫景更清越。密疑穿荇藻，細可數毛髮。微風蕩酒襟，凉氣入詩骨。紞如打五鼓，篷罅猶未没。右和月字

其　五

京城豈無月，眯目多飛塵。從公作上元，忽然涉殘春。扁舟落吾手，日與魚鳥親。始知天壤間，清輝屬閒人。行行莫回顧，永結江湖鄰。右和人字

重過臨清感舊傷外舅陸射山先生也。

重經淹泊地，往事獨心驚。客路貧相倚，歸舟病不輕。百年隨夢斷，孤月傍愁生。流盡州門淚，潺湲是水聲。

初入牐

河縈千里曲，岸束一門高。不有乘流便，誰知上牐勞。木痕深記簽，石眼密容篙。笑指長年説，吾舟聽汝操。

次日連上戴灣土橋二牐晚抵梁鄉和座主韵

一月郵籤算水筒，快從入閘奏奇功。柳綿渡港船船雪，麥浪翻田岸岸風。尚有貽封尋晏子，梁鄉屬堂邑，晏子食邑也。不教瀧吏惱韓公。河神伎倆全無用，鼻息如雷耳正聾。

阻牐

健水分支總入漕，客程守牐似填壕。忽飛瀑布簾垂地，旋滴珍珠酒壓槽。鵝鴨淘沙還善没，魚蝦出網竟如逃。人間行止原難料，小住差償昨日勞。

聊城和座主作

談笑封侯事不難，西歸仍作布衣看。紛紛眼底皆商賈，只是人情戀此官。

南旺分水處

一綫分鼇背，千帆掠馬鬉。江河方日下，南北此居中。水氣空灘雨，槐陰古廟風。兩朝《溝洫志》，但策轉漕功。

即目二首

其一

關吏逢迎堠吏譁，飛流一道走京華。綱船果熟盆池樹，驛路香馳御苑花。長見名材充土貢，幾聞中使出天家。荔枝龍眼隨年例，笑指炎荒萬里賒。

其二

子弟梨園舊賜緋，樓船南下疾如飛。衣冠氣盡魚龍雜，帷蓋恩深犬馬歸。桃葉何心隨短楫，楊花多事打春旗。就中別有青衫客，聽到琵琶泪暗揮。

韓莊閘口望嶧山湖

嶧山鑿石束作隄，天勢半落陂湖西。湖波吞天入豐沛，日脚插地生虹霓。湖西爲沛縣。芒碭雲氣忽斑駁，倒影摩盪青玻瓈。須臾水光變深黑，涅盡萬古蛟龍泥。洪濤怒挾風雨至，列岫出没頭皆低。吕梁直下二百里，但見漁舠散亂隨鳧鷖。琴高可跨吾徑去，誰能卧壓篷底同鷄栖？

新河

別穿地脉轉龍腰，新插荒堤柳萬條。故道視同甌脱地，小兒争唱《復陂謡》。陽侯受職工粗就，幽鬼啼墳骨已銷。莫道治河無善策，主恩存殁冠羣僚。

出牐後順流揚帆

牛頭灣接猫兒窩，小船出牐如擲梭。客程已過十六七，歸夢尚隔江淮河。鳴鳩催雨麥秋近，貰酒配魚蒲節過〔一〕。黄流正報落槽信，更喜枕上無驚波。

〔一〕「貰」，《原稿》作「買」。

天妃牐

淮勢今年盛，洪河不敢侵。濁流三舍避，清漲一篙深。瞥眼移蘆汊，回頭失柳林。生來供作帚，容易待成陰。

王楚士惠鰣魚二首

其一

南歸一飽願無餘，正及江淮五月初。值得老饕開笑口，河豚嘗過又鰣魚。

其二

辛苦漁榔逐販鮮，江城一尾賣千錢。朝來下箸還三歎，半月前頭遇貢船。四月杪在濟寧，鰣魚已入貢矣。

雨後過馬寒中山居

君家葫蘆山，我家菖蒲港。山淺游可屐，港狹行礙榜。塘南十里餘，野色平於掌。田塍針水足，夾路新苗長。兩夫肩一輿，四足比雙槳。前行忽坐睡，縹眇入無想。漸聞竹樹聲，出谷遞清響。到門山亦住，斗室寬且廣。尊卣間圖書，目存不暇賞。主人爲指似，一一開疑網。我老嗜好蠲，因君覺背癢。興來乍飛動，偶發難自强。昏昏燈吐䈥，灧灧酒浮盎。不辭日過從，所願歲豐穰。明朝雨決渠，濕氣潤流磉。奄覩早稻熟，後約赴秋爽。

原蠶行

村東村西桑葉緑，頭蠶不熟二蠶熟。薄於片紙白於脂，五月南風齊上蔟。繅車聲中湯百沸，出釜持將易斗粟。去年苦旱秋不登，民命全憑寸絲續。我聞《周禮》有成法，一歲不容種再浴。蠶多害馬理或然，物類區區别田畜。國家官馬百萬强，惜薪監督煩曹郎。口外官馬設内務府郎中，歲收馬矢變價，歸惜薪廠。原蠶微利幸無禁，勸汝努力須栽桑。田夫暑雨多咨怨，不如且喫蠶娘飯。

秋鳴集起甲戌七月，盡十月。

蟲之鳴秋，候至適然爾。而昌黎以爲物不得其平則鳴。余非善鳴者也，特假蟲之鳴以自文其詩，若云其志弛以肆，則吾豈敢？

送王子穎赴龍游教諭任

子弟芙蓉幕，先生苜蓿柈。儒風吾土近，師道此時難。屈首居貧地，安心送老官。所欣賢尹在，臭味定如蘭。時繆虞良以名進士爲是邑令，故云。

朱竹垞表兄屬題小長蘆圖用阮亭先生體賦五六七言絶句各一首

其　一

君住鴛鴦湖，儂占鸕鷀浦。《一統志》云：「鸕鷀湖在海鹽西南四十里。」今其名無可考，當即黄道湖，去余居十里。同爲簑笠翁，貫聽菰蒲雨。

其　二

種魚三畝五畝，隁水前溪後溪。認得鄰莊老樹，草堂在鸛巢西。

其　三

白首初辭供奉班，一身那不愛投閒。江湖老伴多星散，知己無如父子間。

德尹閩歸戲調之

盧橘楊梅已過期，別來鄉味剩空枝。八千嶺路到家日，算是荔枝初熟時。

補和大司寇徐公遂園修禊詩限蘭亭二字二首

其一

別起林園十畝寬，築亭何必更名蘭。杯流細浪魚鱗活，花補新巢燕羽乾。春事無如三月好，人情特去一官難。吴中父老矜稀見，每到佳期約伴看。

其二

獨擅千秋著作庭，文躔光透老人星。官同白傅歸仍蚤，樂天以刑部尚書致仕。史到温公局未停。妙手成圖初見畫，高僧入社亦忘形。分明洛下風流在，不數詩家曲水亭。

清流山瞻支公塔

石路秋花艷，沙田早稻香。壞墻連廢寺，古塔表平岡。境寂蟬聲合，松高鶴骨凉。永和年號在，苔蝕不成行。

天池山寂監禪院

荒榛下接瓜芋區，微徑漸上多縈紆。山果甘垂紫桑椹，僧厨脆瀹紅竹菇。山中所産，味最佳。三間古殿石將泐，一眼碧泉秋不枯。我來登眺試脚力，且喜未用青藤扶。

過文與也竹塢草廬

坐閲滄桑五十年，不知顔狀已蒼然。世家文物傳詩畫，相國衣冠傍墓田。文肅公未第時，讀書丙舍，喪亂後即附葬贈公墓旁。亂竹巧遮行藥徑，濁流閒送出山泉。丈人有福能高卧，一榻秋陰萬樹蟬。

夜至當湖訪李辰山不值

風色晚尤惡，扁舟逆浪翻。渠添浸稻水，雨熟種薑村。遠火欲投岸，孤城將掩門。到來還躑躅，疎磬報黄昏。

沈客子舊寓都門所居名獨樹簃自撰七言古詩曹實菴錢玉友湯西厓皆有和章今來索余補作仍次原韻

沈子清才在塵坱，有如菡萏生淤泥。又如服鹽駕鼓馬，下有逐電追風蹄。青衿蚤爲命所制，百甕未了酸寒虀。三年四門作都講，啄粒亦到官倉稊。人中嵇紹本易識，孤鶴氣壓千羣鷄。家家朱門當大道，爾獨隘巷尋卑棲。歸來欠伸眉礙户，一笑入户頭仍低。空庭得樹翻自喜，有滃仰視雲萋萋。忽驚霜禿九秋幹，旋見雨長三春荑。墮巢晨拾赤脚婢，落葉夜掃長須奚。問君此間亦何樂，乃挈穉子攜山妻。狂來對客發高論，麈柄手捉談天犀。北郭槁枝聊隱寓，東方窶數真滑稽。孤松祇宜伴彭澤，五楸大可娱昌黎。翻身買櫂竟南下，野性終近深山麛。故園喬木正合抱，町畽旁接澆花畦。昨非今是恍夢覺，涉脚尚淺幸未迷。伐檀河干等無用，美哉河水清漣兮。

塘西訪張介山病

十年小别隔江淮，重叩溪南煮藥齋。醫可活人偏善病，閽非拒客況吾儕。名場交作吹虀冷，老境詩同噉蔗佳。一髮弁山青到眼，吴興游屐與誰偕？初意欲約介山同遊湖州，故云。

哭同年王載安

判袂京華半載餘，扁舟歸造故人廬。不圖别後遊難續，只道秋來病已除。五畝未曾營世業，一名無復上公車。讀書已悔生涯誤，還望孤兒讀父書。

張權六招同許舜功王載南兩學博及兒建泛碧浪湖徧遊近山諸寺觀次東坡汎舟城南會者五人韻四首

其一

葑田秋漲碧粼粼，依舊清風起白蘋。且喜此遊容我輩，不知當日定何人。五人者，自蘇而外，皆不著姓名。鱸魚入饌羹尤美，鷗鳥迎船意亦馴。載取烏巾名釀去，黄甘寧數洞庭春。

其二

木樨香透老僧齋，爽氣宜人樹樹皆。詩興賴君多撥觸，秋光爲我洗塵霾。峴山客到茶如雪，箬水船移酒似淮。已辦芒鞵斑竹杖，丹梯隨意轉雲階。

其三

道峰負石還兼土，遠岫當窗晴可數。花到秋林不喜紅，竹生幽磵何妨苦。平鋪稻壟翠千頃，高引炭烟青一縷。斜陽緩緩送遊人，出谷猶聞上方鼓。

其四

佳處溪山意未厭，塔鈴一角響風簷。烟波野渡初迴棹，燈火河房半捲簾。愛客不嫌官獨冷，過時誰道日長炎。敢誇豪氣除難盡，痼疾聊從好友砭。

雨中奉陪座主徐公及韓丈子蘧放舟夾山漾欲遊棲賢不果歸登峴山作四首

其一

過盡迴谿十里長，孤城回首漸微茫。風鯹曉氣魚蝦斷，水減秋痕鴈鶩鄉。菱蔓欲牽絲已脆，荷花雖敗葉猶香。船頭忽指前遊處，白塔紅亭認道場。夾山漾在道場山之陰。

其二

野色天光入望奇，融成一片緑琉璃。展開手卷王濛畫，收拾才情杜牧詩。畢竟清遊宜寂莫，尤難好景是迷離。桃花莫被漁翁誤，秋在斜風細雨時。

其　三

選勝初期汗漫遊，棲賢不到恨空留。橋低忽礙尋山路，興盡非關冒雨舟。瓦竈分泉烹紫筍，印泥開甕試清篘。買田合向吴興住，蟹舍魚莊一網收。

其　四

亂石多成劈斧皴，窪樽亭外勢嶙峋。一州文物傳孤碣，逸老堂，明世廟朝鄉先生劉南坦、顧箬溪創，碑尚存。前輩風流剩兩人。屏擁弁山高簇簇，簟鋪霅水細鱗鱗。名園長泊鷗波畔，座主新買一舟，名秋水園。細數陪遊第幾巡。

中秋鳳晨堂讌集

吴興我初到，風景值清美。縱爲冷澹遊，亦戀佳山水。矧迺多良朋，盍簪履錯趾。十日九放舟，波光嵐影裏。夜歸漏必下，旦輒扣門起。如此以爲常，行期難準擬。中秋節漸近，未到先屈指。朝登鳳晨堂，少長各就齒。森然敬愛客，未覺肴核侈。是夕雨忽晴，天容出新洗。華鐙挾朗月，瀲灧落杯底。倒影射空堂，濛濛烟霧紫。談諧雜絲竹，觴政不暇理。我醉問主人，雅集歲凡幾。答言良會難，雲散波旋委。自從庚申後，十四五年矣。庚申春，吾邑陳寄齋來作社集。同學近無多，含情俟知己。此邦富人文，槃敦執牛耳。耆英洛下社，子弟高陽里。往往前輩交，久要或在此。平生好求友，出門失桑梓。落魄肯見收，同心庶堪倚。溪山勿吾笑，來往自今始。

鄭春薦唐殿宣諸子招集湖舫二首

其一

萬株老柳陰猶綠，四面青山影欲沈。此段秋光真冷落，孤山不泊泊湖心。

其二

誰遣秋娘來唤渡，忽攜風雨到尊前。老夫借得纏頭費，無數跳珠盡入船。

明日再飲春薦宅座有濮姬吴人也姿性明惠臨别口占四首

其一

故人道我風情在，别選紅粧勸酒卮。不料窮歸無好句，累他羅帕乞題詞。

其　二

絳蠟花開照鈿頭，眼波入鬢却横流。問渠肯顧含何意，一笑千金異日酬。

其　三

落拓生涯大可憐，江湖人老杜樊川。倦游雙鬢無多白，白盡紅燈緑酒前。

其　四

風雨催人向婺州，輕裝半月算歸舟。富春江外無潮信，鴉舅霜紅在晚秋。時余將往金華。

雨發江干

皛皛江光去，昏昏海氣連。雲沈離岸樹，風漲落潮天。熟路便孤客，輕裝稱小船。十年遊跡在，重檢舊詩篇。

富春舟中先寄桐廬學博吴鹿砦

朝發定山村，暮投富春渚。清江帶小郭，檣影稀可數。已飽挂帆風，猶聞滴篷雨。山環水疑盡，水轉山復吐。本爲寂寞遊，未覺應接苦。桐谿喜漸近，中路有賢主。

劉南村署齋同鹿砦夜飲二首

其一

浙西山水縣，最好是桐廬。地僻本無事，君才長有餘。秋林聞割漆，晚岸見罾魚。許我來相就，嚴陵好卜居。

其二

故人多薄宦，解后見交情。燭院三更話，風江半日程。山肴蒸栗熟，法醞帶泉清。醉裏騎官馬，星光照出城。

舟次桐廬聞唐實君補授儀曹喜而有寄

謁選初聞欲赴秦，唐已選朝邑令，奉旨特留。改官特荷主恩新。起家科第原難料，得路文章洵有神。東閣游揚因客重，南宫期望感君真。欲知喜動江湖色，忘却身爲失意人。

嚴灘早發

紞如鼓打巖頭戍，催起栖鴉天未曙。飛星過水如有聲，苦霧迷津忽無路。長年眼昏心手熟，已報前灘暗中渡。遠氣朧朧日射穿，秋光紅上嚴陵樹。

由蘭溪縣坐茭白船晚至金華

疎林野岸開平遠，漠漠江天秋向晚。陸龜蒙鴨戴嵩牛，一帶村家供畫本。赤松門外問長年，指似金華小洞天。偶然走入羊羣裏，去作人間狡獪仙。我與初平稱莫逆，重來已是千年別。可惜巖頭乏主人，亂山依舊堆頑石。

登寶婺樓

斗杓倒插勢凌虛，高出城端五丈餘。一雁下投天盡處，萬山浮動雨來初。别開户牖通呼吸，旁引風雲入卷舒。八咏門荒詩境改，讓他仙子占樓居。

金華趙鹿友明府招同家春谷兄賞菊

四先生里古金華，循吏如君自一家。早稻喜嘗豐歲酒，秋庭閒放午時衙。官同彭澤宜栽菊，客到河陽許看花。猶勝寒氈貧博士，朝朝巖洞訪烟霞。春谷兄時爲府學教授，故戲云然。

歸舟雜咏六首

其　一

湯溪蘭蕊及秋香，覔本猶煩遠寄將。多謝故人先損惠，兩頭載酒作重陽。教授兄許覔秋蘭見寄，舟過蘭溪，陳進士紫馭以名酒相餉，故並及之。

其　二

南遊何事太匆匆，及取歸帆半月中。轉盡清溪三百曲，萬株烏桕一霜紅。

其　三

恨不清江處處灘，一聲鳴櫓下奔湍。來船莫妬歸程速，我亦曾經上水難。

其　四

昨到金華洞口還，明朝又看浙西山。風前自覺衣衫重，穿過千重濕翠間。

其　五

青山漸遠漸模糊，散入雲烟澹欲無。畫手稀逢王子久，詩家別寫富春圖。

其六

滾滾秋濤浩浩風，烟茫茫處雨濛濛。不知誰割東西界，半幅江山展越中。

初换烏篷船

濤江日夜攪秋天，聽雨聽風那得眠。莫怪朝來貪晏起，烏篷夢穩越人船。

山陰道上

《道德經》翻晉永和，書家好事例傳訛。至今似帶羲之癖，風俗村村愛養鵝。

重陽前一日至越州自太守以下地主無一人在郡者即日返棹作此解嘲

夢寐平生慕越州，偶然訪舊作東遊。半醒半醉他鄉酒，黄葉黄花古郡秋。九日溪山無地主，一天風雨在歸舟。此身到處初乘興，興盡誰能更强留？

晚至西興

魚菱論斗米論斤，蟹膏擘臍鱉割裙。豐年亦覺旅食好，一飽媿與居民分。詩人好游無定處，乘流則行得坎住。吴山滿眼待登高，暮雨西興挂帆去。

贈紹興太守王憲尹

千巖萬壑浙江東，典郡聲華迥不同。七十葉傳王内史，二千石視漢三公。詩人詩句蓬萊上，寓意文章山水中。誰似先生觴咏地，蘭亭原是舊家風。

閲邸報知揆愷功改官翰林侍講喜寄二首

其一

邸報傳來遇絶奇，才名一日動丹墀。不矜官爵由門廕，獨愛文章結主知。跛鱉敢争騏驥路，拙鳩休奪鳳皇池。未妨小變平生格，從此須工應制詩。

其二

知子無如我最真，性情長與一編親。有才畢竟難埋没，此事曾經共苦辛。草閣孤燈回白沈吟爲感傳書意，可少當時唱和人。時愷功屢馳札促余北行，東江已補官禮部，故並及之。

首，荷塘昨夢隔紅塵。記去年銷夏事。

敬業堂詩集卷十九

敝裘集起甲戌十一月，終十二月。

入都凡三度，多在春夏之交，未嘗從風雪中跨驢也。甲戌重陽後，自金華歸里，兩接愷功札，促余北行，遂於長至前五日束裝。一羊裘已十五年，裘則敝矣，而行役尚不知止，可嘆也。

敝裘二首

其一

中道誰能便棄捐，蒙茸雖敝省裝綿。曾隨南北東西路，獨結冰霜雨雪緣。布褐不妨爲替代，綈袍何取受哀憐。敢援齊相狐裘例，尚可隨身十五年。

其二

冷暖相關老倍知，黑貂何必勝羊皮。留同敝袴非無用，好比緇衣或改爲。取醉難償村店值，有人還當釣簑披。家貧舊物無多在，不忍吹毛更索疵。

山塘與德尹别

歸何草草出匆匆，聚散全非意料中。長路一痕添日綫，是日冬至。征衣幾縫裂霜風。未論去國經年别，且喜停舟五夜同。記取欲眠頻坐起，半塘橋北虎丘東。

家二瞻兄八十壽

我觀造化初無權，仁者自壽其天全。老翁小兒兩遊戲，直以渾沌還吾天。不爲物用而用物，歕洩元氣成雲烟。古來絶藝兼者罕，鍾王顧陸名各專。輞川摩詰書未稱，三絶獨數滎陽虔。眉山海嶽不復作，松雪兩派猶相沿。先朝倪沈及文董，筆力亦足追前賢。吾兄妙手靡不備，書法入聖詩能仙。偶然點染作圖畫，别有天授非人傳。興來百紙一掃盡，散去半落鷄林船。貴游踏破鐵門限，欲乞尺幅終無緣。有時自銘退筆冢，經歲或乏看囊錢。乃知此事因品重，兄豈自負人云然。維揚地薄耆舊少，流寓欲占文星躔。今年九月届大耋，初度恰在重陽前。一門諸弟頭盡白，謂楷五、秋山兩兄。茱萸醉插隨兄肩。羡兄晚節比彭澤，祝兄添丁如玉川。兒年二十翁百歲，及看舞袖黄花邊。

題從孫汝誠倚劍圖小影二首

其一

檑具横腰首袜巾，天然秀骨出風塵。乃翁已被從軍誤，傷尊公荆侯。勸爾休爲佩犢人。

其二

羲獻門風世共推，汝誠爲二瞻兄嫡姪孫。階庭蘭玉總多才。自言劍術通書法，曾看公孫妙舞來。

發揚州留别汪庚齊

旅况殘年最不堪，何期解后作深談。向風嘶馬程程北，背雪飛鴻片片南。殘燭乍移寒減半，征帆欲挂酒行三。隋堤柳態禁摇落，也傍汪倫百尺潭。

夜宿邵埭

水栅千家市，烟村十里橋。蘆灘聲霅霅，燈舫影摇摇。風止鷗機息，寒深酒力消。獨眠無好夢，愁度最長宵。

淮浦冬漁行

長淮冬涸成溝渠，風雪夜折荒洲蘆。小船冲冲鑿冰去，冰面躍出黄河魚。衝寒捕魚作漁户，手足皸瘃無完膚。三時轉徙一冬復，淵藪偶寄蝸牛廬。無田不得事農業，有水尚欲輸官租。自從十年淮泗滿，平地下受滔天湖。誰驅鱗介食人肉，漏網幸脱鸞刀誅。得時黿鼉聚窟宅，失勢魴鯉充庖厨。眼前竭澤有餘憾，取快報復聊須臾。但看明年春水上，魚鱉又占居民居。

輓喬石林侍讀

本朝治水關全局，東下狂瀾勢難復。先生獨以手障之，言卒施行身蚤逐。徵車北去全家懼，舁櫬南歸萬人哭。百年陰德被淮揚，公在九原應瞑目。

從孫恒侯自淮安送我渡河口占志别

吹斷西風雁一繩，離情鄉思兩瞢騰。醉衝白日孤城霧，曉渡黄河十里冰。去意隨蛇遮不住，識塗如馬老偏能。未應輕别淮南路，隻影從挑夜夜燈。

逆旅行用王半山轉韵體。

行人爲客居人主，聊以稱呼代爾汝。入門不揖出不辭，主今知客却爲誰。等閒無事休爲客，幾個相逢尚相識。相逢相識非不多，賢於逆旅能幾何。

宿遷遇巡河使者

使者冬行水，居人歲避河。暫時停畚鍤，何計脱風波。賦斂殘年急，隄防下策多。皇華期盡職，報稱意如何？

邳州道中雪

野闊黄河岸，天低下相城。幾家沙際没，單騎雪中行。漸壓輕裝重，俄添老眼明。路難兼歲晚，那免嘆孤征。

雪後風日晴暖

陰霾一夕解重圍，頓覺朝來朔氣微。得暖渾如杜康力，殺霜終是趙衰威。細流飲馬知冰繹，殘雪隨風作絮飛。至竟村翁勝行客，茆檐晴曬木棉衣。

夜至馬陵

苦霧噴沙氣若蒸，荒程月黑夜無燈。前岡十里黄茅路，野火光中見馬陵。

滕縣

客從宿遷來，日日灌莽裏。今晨到滕縣，孔道平如砥。民居稍稠密，田野亦耡理。疎樹排棗梨，短樊插棘枳。鷄豚飯商賈，葱薤飽婦子。居然似樂國，以彼乃形此。滕當戰國時，褊小五十里。自從置郡邑，其大實倍蓰。縣令視諸侯，提封非昔比。西南際蕭沛，豁達開顧指。回頭淮泗郊，窪若陷井底。可憐百萬户，頻爲蛟鱷徙。山東地勢高，厥患不在水。所期一尺雪，二麥青可起。山左自四月至今苦旱。

嶧山二首

其一

泰岱分餘脈，差堪比附庸。祇因生下邑，讓爾作奇峰。

其二

作俑何人始，吾將罪李斯。如今山上石，多刻去思碑。鄒滕之間，丞尉以下，俱勒石頌德政。

過兖州城外有感

泗水橋西路，垂鞭去意遲。老爲東郡客，才減少陵詩。白日黄塵暗，孤城萬木悲。遺民應已盡，莫問亂離時。

冒風過東平州暮投張秋鎮

沙旋頭疑眩，聲喧耳欲聾。不愁衝凍雨，直怕遇狂風。土銼煤烟黑，爐灰豆火紅。老妻加被絮，今夜奏奇功。

館陶早飯題壁

楊椿迷野岸，棗刺拒城壕。小縣門常閉，紆途僕告勞。半窗東日暖，一飯北風饕。聊記吾曾到，留詩過館陶。

大風至鄭家口

黑雲奔騰西北來，平地忽陷山疑頽。簸揚砂礫作糠粃，雜以萬斛葭蘆灰。陽烏退飛翅摧折，天狗下墮聲喧豗。千年樹拔虎豹窟，四海水立蛟螭堆。我行到此迷失道，馬立岐路鳴徘徊。意中了了識村落，目所未見終疑猜。夕陽乍吐鄭家口，豁若明鏡函初開。半年遊跡入醉夢，下馬更盡當風杯。四月十五夜，奉陪徐座師於此地看月，故結處及之。

戲題旅壁畫龍

誰言尤物性難馴，長養方成爪角鱗。畫手不然争貌得，可憐曾傍豢龍人。

野氣詩

朝陽射北陸，野氣何迷濛。忽生無根雲，幻作有影風。沄沄水波去，羃羃村烟封。千林皆動摇，四顧爲虚空。我聞氣升降，閉塞方成冬。而此從何來，吹萬將毋同。大哉古今宙，都攝一氣中。鉅者運鯤鵬，細或吹蠛蠓。試從一身論，可以究始終。恢恢賢聖途，剛大秉降衷。養之塞兩間，浩然靡不充。若者爲正氣，仁義澤厥躬。反是則爲邪，百感交外攻。

五事協五行，輕清秀所鍾。不鑿渾沌竅，自然得玲瓏。若者爲清氣，視明聽亦聰。反是則爲濁，人心有盲聾。生氣睎初發，萌芽葆芚蒙。不敢輕散抒，所以厚藴崇。若乃礪笑刃，旁開騁談鋒。是名曰殺氣，取快誰見容。朝氣爽且朗，古鑑磨青銅。不事察察明，謙謙與人恭。其或長傲慢，鴟張徒予雄。是名曰暮氣，衰至驕必叢。凡此機相關，動與呼吸通。不知野氣者，其類當奚從。或如葭蘆灰，候至應管筒。或如古井水，冬暖冰常融。然而無附著，所向皆游蹤。於人似客氣，往來日憧憧。熏面使黧黑，醉顏發狂紅。移之入釜鬵，饋餾侈然豐。移之襲官骸，咳嚏歕霾霿。又疑天壤内，物理難終窮。蒸沙詎成摶，煮石豈得鎔。受性不受氣，造化誰尸功。不如且坐睡，萬象歸朦朧。

趙北口坐冰床

古堤老柳一時僵，水腹初堅黑白洋。稍與長途休馬力，冒寒半日坐冰床。

白溝旅宿感舊

南北勞勞已十霜，瓦橋關外又嚴裝。今宵新月入窗早，去日小鬟如我長。斑鬢重來無伴侶，甲子入都，同錢玉友、翁樹服；己巳，則家次谷、陳元之；庚午春，同姜西溟南歸；甲戌，復偕翁康飴輩北上，皆宿此店。舊題幾字失偏旁。燕南酒美魚羹賤，不解愁人獨憶鄉。

立春日同愷功侍講作即用敝裘二首韻

其一

土牛寒氣漸應捐，猶戀征袍未拆綿。東閣探梅還有信，西堂夢草獨無緣。憶德尹。春生帝里如相就，老傍侯門越可憐。南去北來成底事，暗消髀肉是今年。

其二

逝水流光黯自知，依然一室對烏皮。冰將釋硯真吾幸，雪可摶獅任客爲。老柳受風終弱約，孤松經凍太離披。詩從鍊後鋒鋩出，正要旁人摘小疵。

再疊前韻示愷功

其一

半生習氣老來捐，熨貼終輸裏鐵綿。待兔祇疑株可守，求魚方悔木難緣。偶然鴻爪留還去，果否蛾眉妬是憐。一種東風消不得，鬢邊霜雪又增年。

其二

海内人才略可知，也曾高會與南皮。三年刻楮將安用，一技雕蟲壯不爲。酒市天寒愁客散，書帷晝静喜人披。與君相對春風裏，只有冰壺不掩疵。

讀白耷山人詩和愷功三首

其一

亭長臺邊一酒徒，仰天故作大聲呼。氣驕星宿生芒角，手擘山川入陣圖。急縛何人攖怒虎，叢祠有鬼托妖狐。眼空江表衣冠族，摇筆猶堪殺腐儒。

其二

人謂狂生本不狂，漆身吞炭事何常。亂餘賓客捜亡命，赦後英雄耻故鄉。寶劍塵封三尺水，麻鞵寒踏九州霜。隨身一掬瀾翻泪，不哭窮途哭戰場。

其三

一卷頻浮大白開，即論詩句亦雄才。到天峭壁千尋立，破浪長風萬里來。石火光中亡國恨，鐵函井底後人猜。可憐芒碭無雲氣，山色於今死若灰。

酒人集起乙亥正月，盡六月。

甲戌偪臘抵都，偕家聲山僦居宣武門外，與姜西溟、惠研谿寓舍相望。自新年始，約爲詩酒之會。吴中則唐實君、趙蒙泉，海陵則宫友鹿七人而已。湯西厓、錢木菴、亮功兄弟時或一至，後益以翁康飴、陳六謙、狄向濤、楊耑木，稍爲好事所傳。他有宴會，牽率入座，大約月必有集，集必有詩。聲非擊筑，名托酒人，各有取爾也。

西厓四十初度援筆爲壽兩人交誼略見於此非祝嘏之詞也

甲子夏五月，我初客燕山。逢君槐樹街，披豁示肺肝。君時二十九，譽滿公卿間。我長慙七年，姓名尚泥蟠。居然荷兄事，齒序非所安。因緣求友生，稍使徑路寬。寧知遇秋賦，刖足同蹣跚。古寺郭西門，頳虬柿垂丹。霜天夜蕭槭，落葉堆空欄。男兒屬有才，九萬終鵬摶。向來輕薄子，洗眼争相看。我時仍失意，寸進弓難彎。不敢怨窮途，借君激頹頑。長恐命運薄，終身比劉瓛音桓。皇天困斯人，日月雙跳丸。丘壑閉雺霧，江湖駭驚湍。側聞夙昔遊，一一趨金鑾。如君尤聳拔，刷羽超鵷鸞。落筆中書堂，集賢羣聚觀。大官饌常賜，内府金頻頒。至尊賞文辭，步接螭坳班。猶能念微賤，枉札來榛菅。感君期我深，暴棄難自拚。勸我舉京兆，送我赴春官。憐我下第歸，臨岐話悲酸。誰當既得路，枯菀仍相關。長途冰雪交，鶴語今年寒。還家席不暖，又鞴衝風鞍。人皆嗤此來，此來豈無端。君年適四十，正及叨杯柈。君壯騰青雲，我衰改朱顔。詩成非善頌，聊記平生驩。

元夕前三日飲惠研谿寓齋與錢玉友亮功分韻

春寒半月透重緜，曲巷層冰凍尚堅。策蹇人尋行樂地，快晴天趁挂燈前。侵陵白髮違歌酒，惱亂朱門沸管絃。誰似閒官能愛客，朝衣典去作新年。

與陳六謙户部話舊

二十年前兩酒人，京華相見意尤親。田園蹔返如孤客，邸舍翻來作近鄰。難就微名成我懶，未除宿習取君真。狂言自駭家僮聽，誰識忘形舊主賓。

上元夜同唐實君趙蒙泉宫友鹿家聲山飲姜西溟同年寓分韻得雨字

北風未解嚴，刮面射强弩。富兒馬足塵，游子衣上土。我有同年生，一椽望衡宇。每因赴讌會，暫得命儔侣。時節近上元，滿城競簫鼓。公卿例召客，僂指畧可數。燭幌白生虹，燈屏紅窣堵。空明大圓鏡，爛熳散歌舞。可憐玉川居，破屋用茅補。荒庭一堆雪，月色帶清苦。也復呼其羣，經營同地主。不辭口腹累，爲愛風義古。酒行爵踰三，殽列簋倍五。先生鄙肉食，下箸輒欲吐。如何點食單，亦溷烹魚釜。西溟性不嗜肉，或誤食，必以清水灌盥，而盤餐乃具此味。即此毋已奢，誰能諒貧窶。我窮興蕭索，藉爾作豪舉。雅令既匝巡，拇陣捲風雨。主人但旁觀，堅坐恣狎侮。肯爲餠告罄，相勸力須努。新詩信手成，險韻鬭虓虎。費君三月俸，醉我一夕許。忽聞耳熱歌，寒律變温煦。

王赤抒新葺一齋名曰野航邀余對酌出詩索和即次原韻

忘機到處總虚舟，别起齋名借櫪頭。已是除塵得瀟洒，若教臨水更清幽。兩三人可同君坐，五六年應爲此留。閒殺鷗邊好風景，荷塘宜夏蓼宜秋。

白田喬侍讀有家伶六郎以姿技稱己巳春車駕南巡召至行在曾蒙天賜自此益矜寵庚午四月余從京師南還訪侍讀於縱棹園酒間識之有青衫憔悴無如我酒緑燈紅奈爾何之句時東海徐尚書射陵宋舍人慈谿姜西溟俱在座相與流連彌夕而散去冬北上重經寶應則侍讀下世旅櫬甫歸余入而哭之盡哀何暇問六郎蹤跡矣及至都下聞有管郎者名擅梨園一時貴公子争求識面花朝前八日翁康飴户部相招爲歌酒之會忽於諸伶中見之私語西厓曰此子何其酷似白田家伶蓋余向未知六郎之姓也西厓既爲余道其詳竟酒爲之不樂口占四絶句以示同席諸君

其一

鬢影衣香四座傾，風流争賞米嘉榮。就中獨有劉賓客，曾聽凉州意外聲。

其二

鴨桃花外小池臺，瀲灩舭船一棹開。春色滿園人盡妬，君王前歲賜金來。

其三

一羣穠艷領花曹，頭白尚書興最豪。記得送春筵畔立，酒痕紅到鄭櫻桃。

其四

茶烟禪榻隔前塵，存殁相關一愴神。自琢新詞自裁扇，教成歌舞爲何人。

題楊次也所藏朱北山墨繡毬花

春風壓簾吹不動，簇蒂攢莖密無縫。美人纖手搓欲圓，嬌鳥一梢低更重。駢枝倒挂玉蕊仙，暖氣散作藍田煙。粉痕洗盡墨光出，自有此花無此妍。

花朝實君招同西溟蒙泉研谿西厓友鹿聲山寓齋雅集分韻得過字青字

其一

二月無花看，今年雨雪多。不辭官獨冷，翻喜客頻過。洒掃門庭潔，芟除禮法苛。愛君新句好，諷諭擬元和。

其二

客久頭垂白，交深眼倍青。坐銷愁裏日，來聚酒邊星。假借通鄰曲，盤餐及使令。春郊花事近，後約更旗亭。

題項霜田讀書秋樹根圖

讀書未必皆識字，涉獵耳目爲窮探。此生枉伴蠹魚老，飽蝕卷帙寧非貪。文成有韻或吞剥，事出無據徒撦撏。熟從牙後拾王李，纖入毛孔求鍾譚。橐馳馬背所見少，自享敝帚矜蓍簪。雷同不滿識者笑，人盡能此燕無函。蘭苕翡翠稍秀異，什伯略可數二三。時情祇取供近玩，崇《雅》删《鄭》誰能諳。我持此論衆大怪，相戒勿聽無稽談。廿年硯田困衣食，撥置夙好隨嬰婷。排辭偶句受人役，渴飲墨汁同潘泔。有時間作崛强語，蓼辛荼苦終非甘。項生乃有嗜痂癖，謬辱推許張頤頷。謂余頗可附同調，與别白黑分青藍。君才於世故無匹，氣象外拓神中含。屢遊京洛結文社，獨向魯國稱奇男。空拳亦足搏犀兕，大鼎詎止容罍甔。一鞭入海走巨石，千丈倒壑回枯柟。逍遥鸞鶴控紫極，活潑魴鯉游澄潭。才高氣盛心轉細，獨繭一一絲抽蠶。問君此境豈易到，確有階級難旁參。向來正得讀書力，閉户萬卷曾沈酣。源流正變瞭指掌，北斗在北南箕南。光開飛電十行下，機發伏弩千鈞擔。搜奇抉險富詩料，然後所向無矛錟。庭空樹老得秋早，霜色染葉黄於柑。一編信手愛露坐，何用白石藏書菴。命工作圖索題句，劖壘相對吾奚堪。遇君尚應三舍避，君愈降氣余彌慙。詩成乞與摘紕繆，蹇鈍猶冀隨驂驔。此間風景有何樂，曷不歸去同書龕。

料絲燈史畊巖學士屬和即次原韻四首

其　一

勿論萬縷與千絲，似密還疎製絶奇。玳瑁筵前凝作片，珊瑚網底爛生枝。華堂金屋年年换，錯綵粧花種種宜。表裏孤光原洞達，瞢騰醉眼任斜窺。

其　二

宛宛長廊小院東，藕絲不斷望疑空。巧穿針孔玲瓏影，吹透冰肌綽約風。簾幙花深長帶霧，畫圖山淺忽生虹。琉璃太脆紗紋薄，獨愛韜光黯淡中。

其　三

更從何處着纖塵，亞字文迴古錦茵。斜拂楊條藏語鳥，密牽苔綫過游鱗。顔筋柳骨書家格，吴帶曹衣鏡裏身。併作清輝開四照，不勞明月吐芳津。

其四

駢枝儷葉技同稱，點墨何愁誤不興。射角星芒殊睒睒，照人風骨自稜稜。金波蕩月成方折，玉氣生烟隔幾層。還與石湖添紀事，詩家新賦料絲燈。范致能有《上元吳中紀事》長律，所載燈名甚多，獨不及此品。

友鹿寓居孫公園與實君蒙泉耑木同巷僕及西溟聲山相距稍遠友鹿作比鄰詩二章亦來索和因次實君韻奉答

其一

馬蹄纔過又車輪，廣術相逢亦太頻。不惜往來隨步屧，預防倡和損精神。過墻濁酒能供客，鑿壁餘光倘借人。便與中央成鼎足，姜居西舍我東鄰。時余移寓琉璃敞東。

其二

造門不見等離居，俗例持牢急破除。余兩詣友鹿，俱阻于閽。僮約一條申典謁，客談幾處省傳書。巷連畢曜宜相就，雨過蘇端肯見疎。添取新篇爲日課，與君直似共鄉閭。

友鹿復次韻見寄恐其有過督司閽之意再疊韵解之二首

其　一

過門何止十朱輪，只有窮交不厭頻。語帶滑稽吾是戲，弊清摘發爾如神。犬應勿拒重來客，花亦争窺舊識人。從此得閒須徑造，巷南巷北總芳鄰。

其　二

老屋西頭勝僦居，門前無草不須除。未妨排闥來驚卧，且喜還瓻肯借書。踪跡漸同詩境熟，形骸終要禮文疎。他時野老曾争席，記得漁樵狎里閭。

盧樗菴七十壽詩

我愛盧仝居，翛然數間屋。先朝孝廉宅，過者猶屬目。再傳世其家，門徑不改築。一經稟庭誥，自教兒郎讀。早年赴舉塲，高步笑馳逐。同儕重先輩，子弟尊耆宿。正坐業太精，翻令身久伏。科名人拾芥，官爵鶯遷谷。白髮迫衰年，青衫自初服。神恬邈無悶，學殖富有蓄。紅扶壓架花，翠擁遮鄰竹。刻鳩拄杖頂，放鶴前山足。世自鬬如蛙，吾方静如鵠。

回看軒冕客，萬事徒碌碌。分定兩不争，生涯籌已熟。

送勞書升通政養親歸里

吾鄉前輩楊司馬，曾脱朝衫換彩衣。祖道回思十年事，都亭又見一人歸。白雲去國情相似，黄髮娱親古亦稀〔一〕。不是明時輕解組，五湖烟水屬春暉。

〔一〕「娱」，原作「誤」，據《原稿》改。

豆腐詩和楊芝田宫坊四首

其一

服食神仙事不難，磑牀幾轉便還丹。世傳淮南以丹藥點成。凝來石髓風猶嫩，點出春酥露未乾。倒篋易償鄰叟值，顧名原合腐儒餐。人間賣菜多求益，休與先生溷一柈。

其二

蛙瘦熊肥兩不知，太常終歲是齋期。半杴土竈然萁火，一頃山田種豆詩。饔子貧家先染指，厨娘纖手並凝脂。來其鄉味君休笑，三德虞家有贊辭。事見虞伯生集。

其　三

滑可流匙勝冷淘，不争舌在齒牙牢。渾忘肉食聊名儉，偶佐村沽亦足豪。烹雪也宜施翠釜，割雲初不費銀刀。胡麻別試山僧法，口腹窮奢笑老饕。

其　四

茅店門前映緑楊，一標多插酒旗旁。行厨亦可咄嗟辦，下箸唯聞鹽豉香。華屋金盤真俗物，臘糟紅麯有新方。須知澹泊生涯在，水乳交融味最長。

問西厓病

小閣藤牀勸獨憑，門前仍遣小僮膺。一家多累愁何益，四海無醫感又增。春酒呼兒看滌器，夜棊留客對挑燈。可知《七發》真良藥，莫謂先生病未能。

戲題曹希文寫生蒲萄册

東郭鹽，咸陽冶。朝入羊，暮騎馬。生不願封萬户侯，亦不願領西凉州。但願蒲萄垂乳比桑葚，日日飽啖只學林間鳩。若使一官值五斗，家家争釀蒲萄酒。枝頭無，紙上有，誰能截取老僧手。圖爲鑒上人所畫。

再題朱北山所畫松鼠蒲萄

兒童把竹竿，飛鼠未可逐。暮四復朝三，蒲萄秋正熟。縱使身輕化蝙蝠，可憐兩翅仍兼肉。枝頭漸空莫緣木，明朝去竊官倉粟。

爲次也題秋花小鳥畫卷

一株鴨脚葵，色映紅黄紫。鷄冠似經鬬，碎葉垂披靡。無端青螳蜋，失勢忽落此。當其奮臂時，寧料草間委。飢禽不汝貰，集啄紛爪觜。似爲蟬復仇，反覆乃物理。二蟲何厚薄，是亦可以已。我欲解其圍，毫端呼不起。

研谿傳札訂望後出郊看杏花夜來微雨恐阻兹遊晨起風日晴明喜而有作

卧聞檐雨滴堦鳴，意外東風曉放晴。爲作報書貪早起，門前吹過賣花聲。

送畢雨稼

古藤花底逢朱十，爲我長吟畢四詩。滿眼酒徒星散盡，送君還憶識君時。余初識雨稼於竹垞先生寓。

三月十六日同西溟實君蒙泉研谿六謙嵩木石城友鹿永年向濤霜田亮功次也南陔至興勝寺看杏花三首

其一

弄袖風微不起沙，野田分路走三鴉。十年失計仍爲客，一醉無名特借花。白塔似招遊子騎，青旗錯認美人家。金丸落處休輕逐，小立逡巡避鈿車。先經摩訶菴，不得入。

其二

幸是韶光處處同，勝遊隨意轉芳叢。别開香界松林外，遥指烟村杏社東。黛色濃添三面緑，日痕微減一分紅。只須十步淩丹閣，多少花頭在下風。

其三

及記當時載酒遊，舊題幾壁拂塵留。重隨客到僧猶識，不待人言我欲愁。牧笛聲中芳草路，鞭絲影裏夕陽樓。花開花謝年年事，豈料傷春易白頭。

看花之會已成七律三章朝來嵩木分牋屬賦七言歌行再作一首

朝陽簷前報乾鵲，起赴城西看花約。東家借得蹇驢騎，快比揚州身跨鶴。豁然雙眼對明鏡，草樹無塵光躍躍。倚牆初見一梢紅，掩映垂楊作村落。漸行漸遠入佳境，花海茫茫浸樓閣。雲晴霧散天微霞，日色烟光互迴礴。自然得氣少人妬，縱使餘寒何處着。卯酒消來玉頰鮮，牙香熏透春衣薄。蝶沾蕊粉或雙去，燕拂花鬚時一掠。乍看半吐或全開，百面疑聞腰鼓作。因思前夜沾沙雨〔一〕，特爲催花龍起壑。不然萬本及千株，那得同時齊破萼。此花舊是仙家種，肯向人間傍簾箔。自從禁苑植樊籬，已勅居僧司鎖鑰。寺後爲進御菓園。兒郎避路欹巾帽，嬌女窺鄰少媒妁。可憐寂寂寄空園，也似飄飄客京洛。憶昨初來年尚壯，歡場往往貪酬酢。松林古寺摩訶菴，幾度陪遊履相錯。乙丑、丙寅間，屢隨大司空朱公、少司馬楊公遊此。侍郎歸老尚書歿，前輩風流久寥廓。我留紫陌十經春，白髮隨梳旋隕籜。去年三月曲江宴，橫路紛紛争出郭。此時氈毦更思鄉，未免當春懷抱惡。豈如今年風日佳，得喪心空別開鑿。青袍莫漫感憔悴，紅袖羞堪慰淪泊。楊家公子好心事，兩世交情宛如昨。已逢勝侶盡名流，况是閒官能脱略。雖云雅集忘賓主，治具終煩佐脾臄。是日耑木治具。花前醉倒十五人，坐有車公寧不樂。歸來忽忽記前夢，後會悠悠付成諾。禪房借榻眠海棠，野圃穿畦行芍藥。勿嫌生活太冷澹，竿木逢場聊戲劇。只愁火急促新詩，顔謝方將被陵轢。尋花本意取陶寫，覓句翻教困悉索。直須境過兩相忘，滿紙陳言總糟粕。

〔一〕「沾」，《原稿》作「霑」。

狄向濤庶常訂同人會飲海棠院是日僕適有他招別請卜期研谿以詩相惱戲答之

一春命侣原多暇，半日看花奈少緣。我爲頽唐姑避席，讓君獨作海棠顛。出《劍南集》。

三月晦日向濤治具招同西溟實君文饒研谿六謙耑木霜田亮功次也南陔岱瞻宗岱社飲寄園向未與會而今至者則胡芝山周漁璜張天門陳堯愷姚君山玉階兄弟

客居感節物，鄉味想櫻笋。及此問名園，忽驚春向盡。歇鞍垂柳外，曲徑紆徐引。側帽入丰茸，迴身轉欄楯。羣賢次第到，虛坐前後盡。出《曲禮》，讀上聲，俗作「儘」。衆芳如媚客，四顧少畦畛。丁香垂紛披，藤蔓縮菌蠢。海棠不少待，吹作胭脂粉。那無水一池，鼓吹出蛙黽。似嫌太寂寂，作意破寒窘。鯨波捲百川，目眩空花隕。亭臺亂金碧，有若浮海蜃。日飲正無何，老狂良足憫。唐侯但坐視，出語顧見哂。余與天門、亮功鬭酒，盡酣，實君有「老馬入駒羣」之戲。幸無性命憂，何用須臾忍。春衣行且換，紅藥期將近。三百青銅錢，敝裘尚可準。

陸濸成侍讀招飲丁香花下同西溟崑繩寄亭作

花繁葉密暗迴廊，爲放庭空特撤墻。翠幕雲遮天四角，紅燈人醉樹中央。春辭小院離離影，夜受輕衫漠漠香。曾是往年連榻地，重來容易感流光。丁卯、己巳間，與家荊州兄盤桓此地最久，故及之。

何倬雲户部招諸同人飲藤花下

前日飲寄園，自辰徑終酉。連朝發酒病，解醉仍思酒。一笑赴佳招，相逢復開口。入門庭宇曠，槐蔭寬半畝。高格架藤花，有若魚貫柳。其梢多倒垂，其蔓必上走。蛟螭起拏攫，纓絡飄絲綹。翻愛急雨來，不嫌濡我首。殷勤得賢主，諧謔因良友。衣上指唾痕，花前傷老醜。人間好亭館，豈必皆己有。但願興到時，深杯長在手。

四月八日飲劉雨峰新寓分韻得佳字

十年論舊雨，一日破清齋。俗傳浴佛日。去覺流光速，來貪小住佳。時出《乙丑讌集詩卷》見示。槐陰深小巷，花氣近斜街。早晚南船到，重看酒似淮。

題張浦畫太白像

芒角生酒星，仙才謫人世。清平三絶調，醉裏一噴嚏。可憐高將軍，不中作僕隸〔一〕。脱却夜來鞾，飄然從此逝。

〔一〕「僕」，《原稿》作「奴」。

題張儀山中丞温陵紀事後

見説温陵事，安危繫一時。潮頭開郡縣，虎口奪嬰兒。報國原臣分，封侯豈數奇。置身如事外，不勒紀功碑。

贈范方仲

秋兔千頭瘗秃毫，鋒藏鍔斂似無刀。費他京國三年住，頑石如山價盡高。

爲翁景文題畫

緑蕉葉折風無賴，紅蓼花垂雨不情。一個草蟲鳴似訴，故來紙上作秋聲。

宣德素鼎歌爲山左李繩其作

西方金苗變黄白，躍冶辰砂欻成赤。神工範出形製奇，不用雷紋鑿饕餮。腹圓口直中央斂，一綫縈腰起凹凸。其高四寸下半之，其厚三分旁稍溢。以衡測重斤踰二，宣德小爐，重者不過二斤四兩。以指量圍弓滿的。寶光蒸出耳雙環，濃乳垂爲足三隻。膏流似覺層波涌，肌潤何愁熾炭炙。瓊瑰碾紫柔作團，靺鞨凝紅嫩將滴。照來妖魃敢逃影，吹過雲烟不留跡。神光離合乍陰陽，氣候盈虚異晨夕。世人好古搜彝敦，耳目遺亡闕金石。此鼎傳從宣德年，居然上與商周匹。國家元氣在宇宙，百鍊千鎔聚精液。後宫侍女罷添香，講殿中宵尚前席。曾從天上拂袍袖，一落人間似淪謫。忽經吾眼真可憐，尤物無多增戀惜。君不見城南片雨朝來急，電掣金蛇飛霹靂。玉川破屋那許留，萬丈光芒穿四壁。

翁康飴寓齋看芍藥分韻得面字

都城洵繁華，物色互矜衒。豐臺紅芍藥，千畝開芳甸。嗟爾本名花，因多乃致賤。半開遭夭閼，不許遊人看。却被賣菜傭，頃筐雜藜莧。根株兩相失，本性須臾變。相逢闤陌中，識者爲一泫。翁生官户部，邸舍如郵傳。近移槐樹街，意取買花便。連車載兼土，愛護同婉孌。小雨爲扶頭，清泉與頮面。瓦盆三十六，手自摩挲徧。亞窗斑竹欄，步障青油絹。花如感知遇，爛熳答深眷。其大比盤盂，或欹學團扇。高低隨所主，向背視所戀。負恃各争妍，誰能分最殿。豈無一尊酒，就汝諧終宴。未免爲紅筵，經營好肴饍。書生例貪畵，耳目有歆羨。學道吾未能，紛華易交戰。有情且相對，即事驚稀見。絶勝洛陽園，花時閉深院。

送趙二聞郎中分巡兖東二首

其一

望郎才地早知名，棨戟新臨古任城。負弩三州迎刺史，降階一揖禮諸生。山連翠岱雲常潤，濟入黄流派獨清。我是南池舊遊客，送君不覺動吟情。

其二

君家邸第好園林，槐柳周遭十畝陰。子舍縱牽他夜夢，宦遊何負老人心。共傳清節胡威絹，自有家風趙抃琴。此去國門看擁傳，拾遺親授《大官箴》。

送鄭禹梅郎中出守高州三首末章兼示茂名宰王令詒

其一

高凉名宦自來無，君到方能重此區。不信試徵唐宋事，潮州韓與惠州蘇。

其二

八十高堂兩白頭，扶攜齊赴上瀧舟。荔枝龍眼均珍膳，不要同官易播州。時范國雯得延平，故及之。

其三

曾依日影候花甎，此去人情似左邊。猶勝茂名王大尹，脚靴手版謁同年。王與鄭皆戊辰進士，而茂名爲高州屬邑。

送陳梅溪之任階州二首

其一

一家鼎盛十朱輪，仕籍君偏比積薪。早歲科名曾入洛，半生官況兩遊秦。陳前任綏德州牧。時平不設當關戍，路僻稀逢入蜀人。鄧艾城邊閒草木，也教窮谷識陽春。

其二

一官聊與俗沈浮，不改頭銜計亦優。稍喜分符同領郡，敢論無蟹有監州。重關夜度羣鷄月，絶塞書來斷雁秋。多少郎潛愁索米，羨君已似跨青牛。

古詩五章呈吉水大司空李公

其一

盛治際中天，六卿盡文獻。發揮爲事業，器量隨所建。公雖長冬官，其氣實涵萬。放之彌宇宙，舒卷視膚寸。道在本非夸，逢時獲初願。

其二

百川日東注，赴海同一門。豁達意何廣，函容道彌尊。乃知延攬塗，中有仁義存。清濁具本性，澄觀得其源。君看下成蹊，桃李初不言。

其三

西江一瓣香，自昔人文區。歐公門下客，磊落皆名儒。千秋復代興，隻輪賴公扶。官高能下士，此義今人無。

其四

空谷有幽蘭，披披自含芳。一朝采而佩，顧盻滋容光。顧盻何足多，貴登君子堂。識者或見賞，當門忌孤芳。向非特達知，標榜慙互相。

其五

男兒感恩地，兹事豈可常。不敢泣窮途，恐爲知己傷。拙守無詭遇，異營戒岐旁。百年屬有身，利鈍誰能量。於公負期許，脈脈終難忘。

次也讀書王園夏日偶過之索詩題壁

地僻人聲覺，林深曉氣通。棗花開帶刺，藤角墮兼蟲。擊柝過佳客，傳餐累小僮。避炎知有處，來就北窗風。

虞山嚴杏修爲尊人仲甫先生乞六十壽詩并以錢湘靈玉友亮功所賦五七言長篇見示故詩中並及之

吴中數交遊，屈指首嘗熟。錢生十年舊，直以心置腹。因之筮同人，京洛異徵逐。初逢嚴伯子，氣静神冲穆。涯涘未易尋，徐徐視含稸。名駒果有自，擩染出家塾。子有兩老親，筭旬竝踰六。昨歸爲上壽，再出何太速。所傷名未成，負米營斗斛。此來復相見，執手語反覆。爲言屏幛詞，排偶難破俗。人間好官爵，祇用填滿幅。不敢濫乞言，所以省干瀆。君詩有真味，是則我所欲。出示三長篇，得隴且兼蜀。孝廉筆奇矯，榦老枝葉秃。交情叙三世，中有滄桑録。大錢善形容，繪畫列眉目。小錢騁才氣，汎濫到朝局。已無餘地留，故乃相迫促。吾詩何處著，譬若蛇添足。然而難固辭，即事生感觸。江南氏族盛，甲第紛相屬。寧知一再傳，竟爲他人卜。君家好門閥，墻宇本先築。豈非文靖公，清蔭及喬木。

仲甫爲相國文靖公曾孫。當時歸逮養，歲給大官禄。人生惟此難，餘者徒鹿鹿。即今時代换，往事如轉轂。正賴後人賢，流風承式穀。先生實高隱，祭酒推鄉曲。雖荒下潩田，尚保檀橋屋。時情有豪奪，世守無輕鬻。冬缸葑可爇，秋圃棗堪剥。窺池荷夏紅，掃徑莎春緑。平生十萬卷，又課諸孫讀。同牢四十年，尚享齊眉福。子行及歸奉，此樂天倫獨。古人重名義，飲水兼啜菽。斯言倘足徵，庶當嘏辭祝。

酬同年張聲百秦中見懷之作

舉子稱同年，厥名自唐始。其初本鄉貢，往往維桑梓。地近情易親，論年序以齒。師門就行列，有若一父子。名雖托友朋，骨肉差相儗。至於試京兆，半屬九州士。或者狗虚聲，紅箋報名紙。泛交乍隨俗，相背旋棄屣。刺盾動以矛，憑身孰如几。余生久落魄，塲屋困刖趾。初度降惟寅，微名歲在癸。秋蛾眉换緑，看鏡抱深耻。得附當代賢，不才聊自喜。君家好兄弟，令兄逸峯亦同榜。健翮冲天起。竇桂有雙枝，田荆必連理。京華獲交臂，伐木酒親釃。古道朗照顔，相期各劘壘。嚴霜妬竹柏，猛雨欺桃李。散作湖海萍，流行隨坎止。省親君就道，落第我歸里。關城杳何窮，秦樹吴雲裏。何期再入洛，冰面躍雙鯉。寄示長歌行，光芒開顧指。聳身登二華，長劒插天倚。黄河如修蛇，起伏見首尾。自然得奇句，萬象聽驅使。我欲從之遊，塵埃誰料理。矧慙詩力弱，難與諧宫徵。遲答故人書，半年坐嬾耳。

以詩乞王麓臺給諫畫山水

婁東富文獻，世守鄴侯架。太原老奉嘗，腕底斡造化。當年書畫蹟，貴豈文董亞。至今賢子孫，餘韻足瀟洒。黄門蚤登第，羣從俱方駕。朱紫接烏衣，丹青陋曹霸。朝廷無闕失，邸舍多清暇。坐令拾遺官，風流資醖藉。時時出餘技，落筆妙天下。屏幛滿京華，林泉不吾借。篋中一幅紙，欲乞防見詫。生平山水緣，無厚入有罅。搜奇得餘快，歷險慣不怕。所媿言少文，烟雲經眼乍。如何不自量，見彈求鴞炙。意從良友申，閒請掖垣假。朝來傳好語，命以詩易畫。余以宣德紙從吴元朗轉乞君畫，君語元朗「是不可無夏重詩，詩來則畫往矣」。我詩頗拙速，敢托不敏謝。古人重踐言，相值寧論價。君其勿堅壁，致我長避舍。

附次韻

王原祁

龍山查先生，峭壁青松架。讀書百錘鍊，等身與古化。清健更瑰奇，韓蘇之流亞。興來爛熳題，珠玉繽紛灑。余聞心折久，畏友敢並駕。霧豹窺半斑，騷壇戰而霸。欲爲訪戴遊，一官苦無暇。坐令鄙吝生，他山何所藉。小技試盤礴，每耻居人下。粉本追宋元，筆墨四家借。腕弱媿癡肥，定爲識者詫。譬彼窺月魄，餘光逗壁罅。慘澹心神疲，甘苦方知怕。開闔變化間，微茫得失乍。始覺吾祖高，至令人膾炙。拙筆非許田，奚爲拱璧假。真宰雖難搜，勉力爲君畫。木瓜配瓊瑶，何以云報謝。荒率懼覆瓿，賴公以長價。紈扇懷袖中，秋風棄上舍。

次日麓臺爲余作巨然山水并次昨韻見酬再叠韻奉謝

玳瑁裝書籤，珊瑚供筆架。我無二者樂，宿習故難化。新詩出寒窘，郊島或流亞。一窺著作堂，顔汗豈勝灑。千金享敝帚，蹇足追高駕。何異貧家兒，蓬頭媿王霸。方當苦酬應，供給日不暇。先生地望懸，乞者無憑藉。十年率未應，惜墨肯輕下。始知高人胸，與俗少假借。於余獨不靳，脱手洵奇詫。用意取巨然，危峯拆天罅。趁人何突兀，旁睨心膽怕。細觀入秋毫，恍若置身乍。漁灣舟可檥，樵徑轂可炙。勢成風雨晨，不待休沐假。猶嫌尺幅短，更以詩補畫。人間有真境，躡屐當追謝。但恨多牛翁，青山索高價。菟裘營已晚，惆悵道旁舍。

王服尹見和乞畫詩三叠前韵奉答

米家書畫船，秋蔭傍藤架。爲君下一榻，四壁烟雲化。服尹時下榻麓臺齋中。京洛少名園，精廬乃其亞。可無一斗墨，興到供揮灑。君才況如江，袞袞高浪駕。偏師壓小敵，勢欲戰而霸。篇終味深穩，語妙神閒暇。平生績學功，授受有承藉。淵源大可溯，派自震川下。幸生君子鄉，師友不外借。何當謬引重，恐被識者詫。昨日乞畫詩，細聲風出罅。蒲牢懸我前，欲扣吁可怕。强顔托夙契，結襪交非乍。憶昔隔墻居，淋漓濡酒炙。己巳寓居上斜街，與孫愷似編修近隔一垣，長從服尹飲。六年一醉夢，歲月不我假。青山憔悴容，此景豈堪畫。君歸約髯孫，吾亦偕小謝。來詩及家德尹。披圖賦招隱，尚可長詩價。忍負好溪山，挑燈向客舍。

計闇昭索題看菊圖

勸君莫種菊，種菊須澆灌。本自隔年培，根從立夏判。苗新虞蠹蝕，葉密防雨爛。三時倘失勤，那博一秋玩。不如走廟市，取辦在一旦。捧土上瓦盆，妍媸誰復辨。十年客都邑，萬事皆眼見。披君看菊圖，使我發長嘆。

題曹渭符舍人畫扇

移得城南魚藻池，便從紙上寫淪漪。畫師正恐妨魚樂，不着飛來雙鷺鷥。

費子葛陂屬題小影

費生客京華，氣帶秋山爽。學詩兼學畫，離俗寄幽賞。識君塵坱中，十載一俛仰。羡君烟霞姿，瀟洒不殊曩。虎頭爲寫照，見者皆拊掌。秋根走雜樹，中有落葉響。可無松亭亭，配汝玉朗朗。勞生輪下坂，歲月成鹵莽。誰知静坐人，一日可當兩。

題趙天羽給諫小照

長身七尺紅兩顴，成佛要在靈運先。兩塵相隔一毫末，中被官事相糾纏。豈知生來具慧業，即現宰官爲説法。一林紫竹是禪機，只在眼前誰見睫。

送同門朱介垣掌科請假還吴

燈簾夜看秋菊花，酒徒爛醉東西家。竹垞去官君請急，近社花開少顔色。明朝我亦作歸人，二老猶堪結比鄰。扁舟同訪籬邊屋，及取霜前香稻熟。

希文將南歸次淵明田居詩韻來索和章四首

其　一

故鄉去我遠，縹緲三神山。風塵一涉足，忽忽傷徂年。曹生静者流，心若珠在淵。不使閒草木，萌芽荒寸田。如何瀟洒姿，亦復趨人間。一官比薪積，後至争居前。坐看車馬衢，羣情動如烟。秋風夜入户，曉鏡增華顛。身先候雁翔，心與浮雲閒。歸期服勇决，臨别翻欣然。

其　二

老馬悔識塗，亞身受羈鞅。時因送人處，一發田園想。田園近荒蕪，計拙迷孤往。家書昨日到，久雨蓬藋長。八口恒告飢，憂來難自廣。生涯事游惰，獲報宜鹵莽。

其　三

萬人浩如海，酒伴日以稀。曹生後我來，今復先我歸〔一〕。家人占喜鵲，不寄秋來衣。因之報歸信〔二〕，歲晚寧相違。

〔二〕「曹生」，《原稿》作「輸君」。「今」，《原稿》作「竟」。

〔三〕「因之」，《原稿》作「因君」。

其　四

讀書三十年，如農守阡陌。出門視蒼莽，蹙蹙靡所適。君看入貲郎，朝發不待夕。時來誇際會，抵間快投隙。得官如驅羊，舊給厮養役。課奴力耘耔，課婢勤紡績。識時乃豪俊，章句工何益。

敬業堂詩集卷二十

遊梁集起乙亥七月，盡十二月。

中州，名勝之區也，同學許霜巖謁選得陳留宰，邀余偕行，涉滹沱，循太行東麓，歷趙、衛、梁、宋之郊，按程計之，古蹟不少，資其車騎，供我吟眺，亦足以豪矣。

將有中州之行七月七日姜西溟唐實君趙文饒惠研谿楊耑木宮友鹿項霜田錢亮功湯西厓馮文子楊次也陳元之家聲山餞飲於陳六謙邸舍席間酬別

屋簷秋網拂蠨蛸，弦月如弓挂一弰。剪燭談深宜夕館，看花人散憶春郊。窮無好句供傳寫，老不中書代《解嘲》。實君見送詩有「舍人官職是虛名」之句。來本無名歸亦得，只愁飲餞累貧交。

出都晚宿竇店戲示許大令霜巖

又是南程發軔初，我今戴笠爾乘車。衝泥早歇林間馬，積潦秋生户外魚。十度棘闈憐報罷，一官花縣喜新除。屠龍妙手牛刀割，餘技猶堪理簿書。

涿州過渡

胡良河蔭青葱柳，督亢陂連宛轉城。但覺林中無暑氣，不知風外有蟬聲。唤迴塵夢秋初到，誤墮吟鞭馬一驚。自笑年來詩境熟，每從熟處欲求生。

上谷城南旅宿見可亭姪題壁

客路逢連雨，秋原洗鬱蒸。人投曾宿店，鼠瞰未吹燈。一榻夜涼入，二更殘月升。忽看題壁在，爲爾掃秋蠅。

早過慶都

棗林槐埂翠模糊，十里烟光接慶都。堯母陵荒秋草徧，戴嵩新畫《牧牛圖》。

定州口號

劃花小盌愛初燒，秘色傳來閱四朝。莫打磁鉎輕試玉，人間方貴定州窑。

新樂有感

客路匆匆過定州，鮮虞臺下小遲留。輿圖西漢中山國，恩澤先朝外戚侯。支棗詩成歌樂土，種瓜人去感新疇。眼前風物全非昔，細草鳴駝一段秋。

晚渡滹沱

涼風蕭蕭響白荻，老鸛啣魚作人立。小船争渡晚尤喧，濁浪兼泥秋更急。中流仰看團團天，太行突兀當我前。未知馬首向何處，千里夕陽横紫烟。

麥飯亭

蒼皇那免嘆途窮，大業幾隳小屻中。名號未尊誰是賊，英雄有識獨從公。兩河子弟收星散，一飯君臣見始終。值得將軍依大樹，不勞上殿更爭功。

鉅鹿道中

要害畿南在必爭，時危往往屢稱兵。居人不重侯芭里，過客猶尋石勒城。雲挾常山蛇尾動，地連汾晉犬牙成。如今不用論形勝，稌黍秋郊一望平。

豫讓橋首四句姜西溟舊作也，辭意未盡，爲足成之。

趙入宮，臣廁中。趙乘馬，臣橋下。區區欲報國士知，可憐一死何能爲？君不見博浪一椎雖不中，置身事外非無用。

邯鄲縣吕翁祠

幻妄浮生豈有涯，何妨鼠穴駕牛車。貧兒好作音做。遊仙夢，怪事偏傳小説家。事出《虞初志》。古道蹇驢多北向，空庭秋日又西斜。人間官賤黄金貴，乞與燒成九轉砂。

邯鄲懷古三首

其　一

口舌相如位上卿，從教趙括喜談兵。璧歸間道雖難奪，師出長平已被坑。脣齒連衡如有約，虎狼縱暴本無名。凄凉蔓草荒烟地，民命無如戰國輕。

其　二

美人一笑元無罪，不殺難邀好士名。趙勝何曾識毛遂，信陵差解重侯嬴。符來袖裏圍方解，錐脱囊中事竟成。碌碌因人嗤若輩，也如跛客强隨行。

其　三

北道何期得鄧晨，信都南望尚迷津。羣情正是思劉日，假號先歸賣卜人。計定一軍終拔趙，怨深三户必亡秦。不妨蹔作逡巡避，龍準諸孫自有真。

自杜店至磁州與霜巖並馬行

一天風露野田秋，曉路熹微辨馬頭。槐柳陰中辭杜店，芰荷香裏到磁州。鷄鳴巷陌烟初起，鷺立陂塘水慢流。過此頓忘身是客，與君題壁紀清遊。

渡漳河

夜聽邯鄲趙女歌，起乘殘醉渡漳河。天垂曠野名都壯，路入中原戰壘多。細雨一蟬高岸柳，西風匹馬故宫禾。灰飛瓦解尋常事，誰管繁華委逝波。

曹操疑塚

分香賣履獨傷神，歌吹聲中繐帳陳。到底不知埋骨地，却教臺上望何人？

鄴中咏古四首

其一

洹水清流見麗譙，鄴中氣象太蕭條。詞華不過誇三國，人物誰能算北朝。冰井臺荒秋瑟瑟，香姜閣廢雨飄飄。齊磚魏瓦人争托，想見當年土木妖。魏銅雀瓦，色青，内平，印工人姓名，皆八分書。以爲硯，貯水數日不滲。齊起鄴南城，磚瓦皆以胡桃油油之。當油處有細紋，曰琴紋；有白花，曰錫花。古磚大者方四尺，上有盤花鳥獸紋，「千秋萬歲」字，其紀年非天保則興和。又有磚筒承簷溜者，花紋、年號皆同。内圓外方，亦可爲硯。按王荆公詩云：「陶甄往往成今手，尚托虚名動後人。」則真品在宋時已不可得。

其　二

自從僭竊起當塗，虎視中原氣總粗。大抵奸雄皆好亂，居然割據亦稱都。車中不少彈箏客，案上頻繙《聚米圖》。十二渠成流澤遠，至今土壤號膏腴。

其　三

林慮平聲。山色尚蒼蒼，太尉登朝事可傷。豈有公孤能翊漢，早知廢立總由梁。勢成刻兔驕三輔，禍始金蛇恨永昌。慚媿上書收葬吏，猶傳郭亮配楊匡。

其　四

錦衣别築相州堂，使節移來自武康。公獨勤勞兼將相，誰能事業更文章。威名要取雄殊域，宦跡何嫌避故鄉。碑版兩朝尊顧命，豈徒一記重歐陽。

湯陰縣北村家

烟際露茅茨，田家正午炊。韭花秋逞味，棗實晚垂枝。放犢青蕪岸，漚麻緑水池。地偏稀客過，籬落有人窺。

入大名界紀冰雹之異

朝行渡黎陽，四望如絶徼。又如入霜野，慘澹初經燒。古墓多白楊，連根拔當道。棗梨盡僵仆，墮實滿泥淖。村中禾黍空，天半烏鳶叫。客心慘不樂，經眼非意料。道逢白髮人，下馬亟慰勞。爲言前七日，陰氣變晴昊。疾風西北來，電雷乃前導。須臾大雨雹，奮擊恣凌暴。爲拳爲芋魁，所向等飛礮。居民屋瓦裂，填塞及井竈。行者不及防，人傷馬傾倒。濬南滑之北，廿里陷冰窖。草木生其中，焦原同一燎。含悽問鄰舍，旁有豐年稻。邑長豈不知，逡巡莫以告。我爲田父語，天變非人造。不聞平陽城，一震跡如掃。殭尸十萬户，蔽野復誰弔。朝廷憫災傷，大下乞言詔。公卿滿臺閣，相視無寸效。被禍爾猶輕，區區胡足較。

滑　縣

停鞭小立聽潺湲，魏滑分河在此間。自洛以東，百水皆會於此，唐沈亞之有《魏滑分河録》。樹杪帆檣瓠子渡，城西風雨大伾山。野無秋草年仍歉，地近朝歌俗尚頑。誰與牛羊典芻牧，未應蒿目委時艱。

長垣道上戲示霜巖

前行忽引朱衣吏，夾道争看擁似蜂。却笑相如緣底事，也隨車騎走臨邛。

從蘭陽渡黄河入大梁境

馬頭半月看烟鬟，行過燕關漸軹關。今日中流回首望，黄河截斷太行山。

閲陳留縣志雜題十絶句補其所不載

其一

皤然臺外野雲黄，甽畝餘風重此鄉。不解後人偏好誕，每從田叟問空桑。「伊尹生空桑」，語出《吕氏春秋》。

其二

漢祖初來厭豎儒，監門長揖互揶揄。入關全賴敖倉粟，計出高陽一酒徒。酈食其，陳留高陽人，今縣有高陽堡，即其故里。

其三

割肉恢諧父老旁，千秋銘記有中郎。羨他社宰封侯地，不改當初户牖鄉。蔡邕《索昬庫上里社銘》云：「惟斯庫里，古陽武户牖鄉，陳平由此社宰佐高帝定天下。」按史，平初封户牖侯，故云。

其　四

殺鷄自作高堂饌，草具何妨對客供。一飯成名真有幸，天教季偉遇林宗。

其　五

伯喈本意欲東奔，失計何人與訟冤。畢竟殺身緣一嘆，九原應悔出私門。

其　六

分茅幾姓列王侯，古郡相傳屬此州。若以報施論漢魏，後先亡國兩陳留。漢獻帝從陳留王入承大統，曹奂爲司馬所廢，封陳留王。

其　七

假道穿渠到小黄，《五代通録》李珽曰：河南有外黄、下黄。《漢書·地里志》「陳留」有外黄、小黄縣。《五代史》改小黄爲下黄，訛矣。赤松祠下月茫茫。鎬池遺璧今還璧，氣盡人間十二郎。事見《大業開河記》。

其　八

北狩蒼黄宋兩君，徵兵諸路笑紛紛。平時誰畫元豐策，輕汰畿東捧日軍。宋都汴，陳留爲畿輔要地，舊設天武、捧日等軍，元豐中有詔裁減，故靖康之禍，近無聲援。

其九

養士恩深三百年，倒戈迎賊怪争先。殘黎及記滄桑録，死事人稀一尉傳。崇禎辛巳十二月，賊由襄、鄧北來，汴南州縣望風迎降。陳留署令某，庸才也，不知所措。典史邵大濟，秦中人，竭力拒守，城陷不屈，全家投井死。

其十

濁浪高於師曠城，見《陳留風俗傳》。人隨廬舍盡東傾。至今雨濕天陰候，過客猶聞鬼哭聲。崇禎壬午，決朱家寨水入大梁，浸淫及於陳留，城内外水深丈餘，屋宇盡没〔一〕，邑無居人。

〔一〕「没」，《原稿》作「圮」。

桐城王方日爲亡友蔣度臣刻詩集於汴中後列同學姓名余兄弟與焉度臣之殁宜有哀辭宿草之哭亦情所不能已也二首

其一

不是無家忝别離，蓋棺事了始歸期。半生好客皆情累，一第成名亦數奇。篋底有金貧肯惜，人間無路老方知。最憐湖海元龍氣，收拾光芒入小詩。

其　二

迴思腹痛平生語，謬托知音撫絶絃。長恐雲烟隨散滅，忽驚珠玉已流傳。九原可作應相慰，同調無多又自憐。不覺餘哀生感激，爲君展卷一潸然。

和霜巖縣齋秋雨八首

其　一

陳留井邑荒，風俗尚淳古。官舍雜民居，蕭蕭一環堵。移牀避屋漏，正值秋來雨。秋雨有時晴，茅茨亦易補。乘時無鉅細，百廢在一舉。

其　二

許子天下才，卑棲屈兹土。到官已十日，坐看魚生釜。雖稀傳事梆，尚打排衙鼓。我來況無事，小住因賢主。只合向空齋，攤書聽凉雨。

其　三

昨日牒文來，歡聲滿城郭。黄河一丈減，秋水漸歸壑。回頭梁宋郊，禾黍正可穫。豈有溝澮盈，決防助流惡。野人殊過計，倚杖候乾鵲。

其　四

荒庭無竹樹，草上墻頭生。誰知一穴穿，已帶秋蟲聲。老夫方隱几，鼻息如雷鳴。雨點忽到窗，颯然歸夢驚。此中有佳句，夢斷詩未成。

其　五

我友趙十郎，索居廩延城。趙子晦時宰延津，去此二百餘里。河壖一小邑，長吏管送迎。我思往相就，所畏泥中行。乃知行路難，中有躑躅情。

其　六

殘暑去逡巡，蠅聲猶未歇。蒼蠅何足云，壁有鈎尾蠍。孤燈明復暗，被螫或倉卒。土産多毒人，吁嗟慎膚髮。陳留産全蠍，故云。

其　七

河流去城遠，掘井不破塊。常時瓢飲難，汲自十里外。官庖惜民力，水厄亦有戒。天漿忽傾盆，餘澤走滂沛。瓶罌既滿貯，茶味即沆瀣。絶勝調水符，勞心防狡獪。

其　八

木榻乘秋陰，黴蒸入布被。解衣背粘席，轉輾出奇計。爇葦著瓦盆，濛濛透霧氣。苦遭烟炙眼，聊免體被漬。身居燥濕間，那得兩遂意。

中秋喜晴

連晨苦雨悵淹留，地近梁園客勸游。夢裏無花誰勸酒，天邊得月且登樓。城圍老柳吹笳夕，露灑寒螿擊榛秋。却記去年今夜會，滿堂絲竹醉湖州。憶去年鳳晨堂之集。

夷門行

秦師圍困邯鄲城，趙人乞援如乞盟。信陵重以姻婭故，坐視不救非人情。三千私客赴急難，致死一戰猶堪爭。今者無端傾國出，不以君命俄專征。宫中符竊嬖倖手，閫外力奪將軍兵。鐵椎碎首彼何罪，汝自徼幸貪功成。誰爲此策大紕繆，公子幾陷無君名。生平下士頗折節，慚媿虚左親相迎。私恩不負負大義，二者較量孰重輕。先王正道日陵替，術士詭計方縱横。不聞死事憫晉鄙，但見好客誇侯嬴。史遷本意喜任俠，公論久掩吾不平。千秋事往一感歎，弔古聊作《夷門行》。

汴梁雜詩八首

其一

土岡起伏向平蕪，蕎麥花開似雪鋪。舊日樓臺埋井底，秋來風雨暗城隅。鄒枚作客虛詞筆，高李論交剩酒壚。少陵與李供奉、高常侍同時客遊梁、宋間，故其《昔遊》詩有「往與高李輩，論交入酒壚」之句，今城東南有三賢祠。莫怪遊梁無一事，已將名姓混屠沽。

其二

鞏洛東來地勢窪，一條清汴走長蛇。霸圖難畫鴻溝界，恨事空椎博浪沙。博浪城在府北。衰草平原秋放牧，西風古堞暮棲鴉。靈光一寺巍然在，大相國寺踞地最高，壬午之禍，獨不爲沙土所埋，汴中樓閣存者惟此而已。留取伽藍記夢華。

其三

削除七國獨存梁，愛弟終因母后妨。禁網初寬到賓客，人才一變起詞章。平臺築後門常闢，東苑成來志稍荒。但取虛懷能下士，豪華原不累賢王。

其四

梁朱。宋趙。遺墟指汴京，紛紛代禪事何輕。也知光義難爲弟，不及朱三尚有兄。將帥權傾皆易姓，英雄時至適成名。千秋疑案陳橋驛，一着黄袍遂罷兵。

其五

歲幣輸來不計緡，無端齒冷爲亡唇。偷生虎穴甘南渡，忍死牛車痛北巡。翻覆兩家天假手，興衰一劫局更新。幽蘭堂畔誰相惜，只有從亡十九人。

其六

勝國分藩本屬周，承平樂事數樊樓。星連北極雄繁會，地是中原沃衍州。樂府新聲翻百闋，書堂名蹟勒雙鈎。最憐禍較江陵烈，河伯摧殘甚鬱攸。

其七

螘穴將穿積勢成，洪流直灌大梁城。運移天險翻資盜，禍起庸夫好論兵。明季流賊圍汴，推官黄澍倡議決朱家寨水以灌賊營，賊覺而遠避，開封翻成巨浸矣。不信龍蛇皆沴氣，可憐魚鱉盡蒼生。滄桑變後秦灰黑，誰見黄河十里清。

其八

新標禹廟鎮河濱，師曠臺邊迹已陳。吹臺今更名禹王臺。獨向蒼茫時極目，誰當摇落不傷神。空倉雀鼠千村賦，故壘牛羊四戰塵。老傍人間多閲歷，漸無閒淚可沾巾。

宋門别陳叔毅二首

其一

同作大梁客，情因去住殊。時叔毅舉家客汴城。累君爲地主，餞我赴歸途。對酒狂猶昔，謀身老漸迂。未妨吟思苦，頷下賴多鬚。

其二

全家猶旅食，别路阻清遊。相約同登吹臺爲雨阻。近約尚難必，歸期可自由。貯愁聽舊事，挈涕灑神州。令伯元倩先生崇禎末爲開封司理。莫作長流落，風塵易白頭。

陳留後圃習射示孫周人許藺爲

縣齋秋日長，兀坐愁面壁。異書如荆州，欲借那易得。後園有棄地，糞壤經馬櫪。泓然見清池，老眼喜一滌。初看剪蓬艾，次第拾瓦礫。朝來箭道成，百步盡所歷。兩生頗好事，飯罷走相覓。邀我日同來，分朋控鳴鏑。雖無皮畫鵠，縛草聊代的。引滿試射之，於中寓考績。浮情或倖中，詭遇本無適。古人一技精，往往互砥激。勿徒視游戲，儼若對强敵。我昔方盛年，從軍曾草檄。風前餓鴟叫，頭上飛霹靂。蹉跎萬念乖，漸怕矛頭淅。力衰安可强，衆醜供指摘。自笑諒無成，習勞猶運甓。子今心膽壯，作此太寂寂。斯言可類推，凡百慎剖析。

朱仙鎮岳忠武祠

平生感憤興亡際，往往無端供裂眦。晉之懷愍宋徽欽，失國偷生本同類。兩家子弟又庸下，南渡誰論復仇義。千秋乃有岳將軍，欲雪斯慚出奮臂。曾經讀史浮大白，況到提戈用武地。一條衣帶指黄河，倒捲狂瀾作餘勢。當時大業已垂成，談笑收京俄頃事。乞和語出金人口，二帝歸如反掌易。南内何妨奉上皇，中原未必虚神器。可憐計算不出此，奸相逢君有深意。朝廷不要兩宫還，那許疆埸壞和議。乾坤震蕩功百戰，性命風波獄三字。湯陰故里虎林墳，幾處經過頻洒淚。豈如此地更悲凉，血裹征袍等閒棄。二百年來崇廟貌，祠創于成化戊戌。兩行檜柏干霄翠。北風怒吼白日昏，猶有英雄不平氣。

與王方日

姚生寓舍晨排闥，一笑驚君起著衣。余初識君於同年姚別峰寓中。半面相逢雖草草，兩心經別自依依。倦游客況秋風冷，末路交情酒伴稀。不料尚邀公子顧，累他紅粉避燈輝。方日夜過余寓，適有女郎在座，聞公子至，避匿不出，故戲及之。

汴中遇蔡遠士次韻留別三首

其一

與君少小生同里，嬾蔡知名二十年。今日汴中初識面，鬢絲秋老菊花天。

其二

買蟹宵來倒客囊，汴城無水味，蟹尤難致，一枚例索錢五十文。一燈相對話蒼涼。舊京風物吾猶記，宋嫂魚羹薛嫂羊。

其三

馬嘶門巷客將還，殘醉扶頭改別顏。多感故人相送意，略煩秦女唱陽關。時有秦姬在座。

韓岡送同年張逸峰之安慶

去年下第傷坎坷，君館髯姜西溟。兼客我。順風三日不張帆，緑水名園停畫舸。一攀楊柳辭春陌，兩見榆槐更歲火。那知此地忽相逢，客裏班荆當道左。大梁城東秋野闊，片片飛鴻向空墮。夜騎羸馬到韓岡，我倚身强君亦頗。人間裙屐胡足道，絲吐春蠶自纏裹。天津公子氣雄豪，長劒短衣無不可。近聞西陲方有事，廟算行將啓邊鎖。時閲邸抄聞出師之報。吾曹猥以不羈身，五寸垂緌等遊惰。君依官舍獲侍奉，時逸峰隨尊甫觀察公赴任安徽。我赴歸期尚難果。殘樽相屬且勿辭，黄花正綻霜前朵。

重陽日接胡茨村觀察書及見寄二律次韻奉答

其一

含語相逢兩未申，匆匆悔作渡河人。敢期交臂心相許，及捧來書意果真。白雪愛吟千遍熟，黄花催换一番新。眼前事事俱難料，不爲傷秋歎亦頻。

其二

一序何當重左思，重煩傳語到臨岐。來書屬余作詩文序，故云。可知投劾休官地，未是移床遠客時。九日歸心憐我急，十年恨事識君遲。不嫌寂莫遊梁跡，點綴行裝賴好詩。

將歸故里留别霜巖三首

其　一

百里衝煩邑，河流接小黄。鄉程貪漸近，官味看初嘗。家本傳儒術，名猶在舉塲。此情吾諒汝，捧檄爲高堂。

其　二

别後寬相憶，君才百事能。神明真不忝，藴藉若無憑。世苦需經濟，官廉慎愛憎。似聞田父語，蓄眼見何曾。

其　三

四海皆兄弟，相關得幾人。不愁官俸薄，翻計客囊貧。却饋非吾矯，論交到爾真。平生知己意，感動豈無神。

答趙蒙泉别後見寄之作

趙壹豈窮人，文章天下冠。成名陷羅網，識字召憂患。平生師友間，慷慨赴急難。一機駭初發，一一事將并案。隻手探沸羹，孱軀分糜爛。欲知氣難奪，正賴神不亂。戴盆却望天，畫地詎宜犴。洎乎寃得白，重以讒被問。幸免輸鬼薪，誰堪讀城旦。先生鮮稽怒，一笑春冰泮。脱身梏桊中，去國等流竄。疲驢入京洛，旅食年頻换。囊中緑綺琴，焦尾實經爨。知音世不乏，聽者每三歎。捷徑有争先，陳人尚魚貫。空持魯褒論，孰下干木判。遇我夙懷傾，招呼詩酒伴。貧交無强合，失意多聚散。老淚落河橋，離愁渺雲漢。殘秋滯梁宋，仰視南飛鴈。寄我别來詩，開函一腸斷。君心人盡諒，蹤跡聊羈絆。出語忌孤高，時情伺譏訕。

留别吴梅梁表兄

幾日重陽雨，雨晴天忽寒。北風醒别酒，落葉打征鞍。不計授衣晚，欲爲分袂難。他鄉老兄弟，情到勸加餐。

大風晚至杞縣訪李明府不值

沙土晚濛濛，孤城萬木中。氣吞平野日，聲壯渡河風。結伴隨陽鳥，離程極轉蓬。不須煩地主，旅食報年豐。

歸德道中二首

其一

海鴈橋邊路向東，霜消日氣午怡融。木棉吐子如脂白，野柹垂條似火紅。驢背人簪雙鬢菊，牛蹄塵漲四輪風。旗亭一醉誰同伴，獨把吟鞭過宋中。

其二

寒烟衰草入踈蕪，睢水流同戰血枯。他日江淮論保障，至今祠廟具規模。城連秏土秋多鼠，樹倚神叢社少狐。惆悵繁臺歌管歇，角聲吹落孝王都。

商丘周宜菴明府貽牡丹名種戲成四絶句

其一

戚里名園結構新，千株遠致洛中春。燕中苑圃争購此花，今秋北去者，以商丘一縣計之，已至一千本。多情誰似河陽宰，留取名花贈野人。

其　二

珍重新寒九月初，歸程作伴太憐渠。渡江船上人争看，桃葉桃根恐不如。

其　三

瓦礫堆墻老圃家，燒餘一片變桑麻。問余臺榭今何處，也要移栽富貴花。

其　四

包裹泥封護本根，隔年分種自梁園。得歸且作看花想，未必花時穩閉門。

永城縣陳太丘祠

賢人處末流，德器務廣大。先生得此意，名不黨籍挂。庸夫取同塵，君子重遠害。偶然出從政，初不計殿最。曾爲兹邑長，治道去其太。豈必赫赫名，當前互驚怪。到今有餘慕，俎豆禮無殺。我來謁公祠，下馬肅瞻拜。題詩警俗吏，似爲求名戒。不見道旁碑，去官碑輒壞。

望碭山

萬乘東南巡，本厭天子氣。匹夫迺心動，走向此中避。雲氣隨真龍，人誰跡劉季。可憐秦皇愚，不及吕后智。英雄論成敗，孰者意料事。秋色中原來，蒼然入淮泗。蜿蜒忽横亘，一束千里勢。豐沛袒右肩，濠梁舒左臂。古來雜王霸，要豈山所致。吾將訴真宰，鏟爾作平地。山色如死灰，嗚呼識天意。

南宿州即事

符離城外騎驢女，愛着紅裙愛插花。十里迴車無避處，不辭相送到村家。

汴中無魚今日至固鎮盤餐得此余方以爲喜座有晉人乃至廢食云吾土有客水鄉者所親必相戒勿食魚恐傷骨鯁也南北嗜好之不同如此

各有鄉風兩不知，區區口腹莫相疑。看他葱薤堆盤處，是我攢眉廢箸時。

臨淮曉渡飯於逆旅述老人所言

人影動浮橋，清流繞淮甸。月光水面澹，初日烟中見。中都地脈連，風物南方變。城灣鵝鴨鬧，客飯魚蟹便。逆旅八十翁，自云本武弁。前朝守陵户，賦役除本縣。自從喪亂來，瓦落奉先殿。天家王氣盡，凍餓甘衰賤。誓死不去鄉，依依豈他戀。曾供洒掃職，麥飯每私薦。孟冬時享近，又欲往營奠。言罷竟出門，回頭淚如霰。

過鳳陽城外二首

其一

帳下居然識帝王，千秋問墓表滁陽。時來將相皆同里，淚落英雄有故鄉。芒碭天青雲氣散，江淮月白水聲凉。龍蛇變滅須臾事，猶指山名號鳳皇。

其二

元老還朝起廢臣，宜興再相，起馬士英爲鳳陽總督。二陵收氣避黄巾。忽聞淮泗聲援地，已奉邯鄲假號人。南渡半年輸弱晉，西來羣盗甚苻秦。青絲白馬他年恨，草木餘威在壽春。

池河驛

古驛通橋水一灣，數家烟火出榛菅。人過濠上初逢雁，地近滁州飽看山。小店青帘疎雨後，遥村紅樹夕陽間。跨鞍便作匆匆去，誰信孤蹤是倦還。

度磨盤山滁濠分界處

只在羊腸鳥道間，不知行過兩州山。千家大柳烟中驛，一綫清流井底關。樵斧樹稀行客倦，茅亭茶熟老僧閒。路難馬力尤須惜，莫遣鞭多比石頑。

清流關

低迷野氣中，路斷遇崖嶮。陡然拔千丈，直上匪由漸。行子中州來，巖關此爲險。其西道尤惡，石滑破馬膽。步行到關門，一往生勇敢。長風捲林薄，敗葉撒雨點。豁達眼界開，晶熒日光閃。少休得古寺，徐使神氣斂。想當割據初，外户晝長揜。寧知暉鳳擒，猿鳥就籠檻。邇來幾易代，地僻設防減。僧房同啓閉，鎖鑰誰復檢。經過亦偶然，形勝窮一覽。

滁州

岡迴樹轉到城遥，甃石纔通路一條。細水流應落西磵，韋左司有《滁州西磵》詩。好山青不盡南譙。名賢出守曾相繼，異姓封王又一朝。争説此邦風土好，至今生計穩漁樵。

舟發六合

馬煩車殆歷間關，轉愛江程一日閒。吴女布帆十二幅，畫船頭尾載花還。

大霧自儀真曉至京口

斗柄插秋江，夜行指西東。五更乍迷道，水氣昏霾雺。小舟一葦如，漂蕩雲海中。焉能辨咫尺，所向疑皆窮。何物導我前，羣飛賴南鴻。稍知京口近，忽報金山鐘。旭日出未高，半天已先紅。須臾掃無跡，一望東南空。但見旗脚舒，平流起微風。畏途付噩夢，回首猶忡忡。

關吏行

大農按籍加關税，小吏機乘搜瑣細。吴中支港夜不行，水栅村橋晨尚閉。歸人癡絶良可歎，枯蒲帶土包牡丹。壓馱馱增騾價貴，入船船重關津難。有情對爾應惆悵，近日花綱多北上。獨攜此本到江南，莫怪揶揄兩相向。

舟中紀事

十月之交冬令行，雷宜收聲乃發聲。嬰兒晝啼天女笑，羣蟄啓户魚龍驚。初聞吴中夏大水，萬頃平疇長蒲葦。又聞蔚州七月霜，盡殺稷菽秋無糧。雖云地氣異南北，何至天道違陰陽。野人未敢窺天意，目擊口傳非一事。他年誰考五行書，五行志災不志瑞。

雨中發嘗熟回望虞山

錢生玉友。約看吾谷楓，輕裝短櫂來匆匆。夕陽城西嵐氣紫，正值萬樹交青紅。天工似嫌秋太濃，變態一洗歸空濛。湖波蒸雲作朝雨，用意不在丹黄中。大痴殁後無傳派，此段溪山復誰畫。老夫新句亦平平，要與詩家除粉繪。

吴江田家行

高田去水一尺許，低田下濕流沮洳。半扉潦退尚留痕，兩足泥深難覓路。土墻頹塌茅屋倒，時見牽船岸上住。家家網得太湖魚，米少魚多無换處。朝廷聞下寬大詔，今歲江南免田賦。野老猶供計畝租，官倉自貸輸糧户。田家田家爾最苦，有鐵何煩鑄農具。半生衣食在江湖，賣犢揚帆從此去。

敬業堂詩集卷二十一

皖上集起丙子正月，盡四月。

去冬歸自汴梁，今年擬息勞筋，稍理舊業。適承座主清溪公之命，與令孫任可偕往皖城。避春江風浪之險，由四安鎮取山路經宣城、池陽，抵黄盆口始渡江，皆向來遊蹟所未到也。

題三娘子圖四首并叙

按諸葛元聲《兩朝平攘録》，三娘子，俺答長女也。生而清麗，資性穎異。善書番文，尊中國，尚瞿曇，每於佛前懺悔，求再生當居中華。已受襖兒都司聘，俺答通焉，遂奪之。隆慶五年，俺答歸順，封順義王。三娘子封忠順夫人。萬曆壬子，俺答死，其舅黄台吉烝而配之。黄台吉納婦一百八人，以象數珠。三娘子佐之，貢市惟謹。台吉死，長子扯力艮襲封，復烝而配之。丁亥六月，扯力艮同妻入邊，巡撫鄭洛傳語三娘子，無忘香火舊情，卒聽平，受賞于弘賜堡。去大同六十里。十七年間，三封貴爵，貢市之不渝，多有力焉。獨石中軍素善繪，因密圖三孃子及受封三王像，以獻於朝。故得其詳如此。馬子衎齋屬周兼畫此圖，索余題句，略撮始末，使覽者有考焉。

其一

香燈小炷懺前因，一念三生誤隔塵。莫聽琵琶思入塞，明妃曾是漢宫人。

其二

别移部帳事休屠，衆裏方知顧盻殊。百八摩尼齊合掌，讓他一顆佛頭珠。

其三

詔恩三换等兒嬉，報貢頻頒五色絲。見説兩朝曾款塞，不知通好是閼氏。

其四

埋香青冢亦堪悲，粉黛流傳又一時。想像承平光景好，風流邊將畫蛾眉。

雨後行園梅花已落力輩方編籬

宿雨潤苔痕，幽人杖藜至。池邊一株雪，狼籍香滿地。不忍踏成泥，猶存惜花意。平生無長物，外遇中鮮滯。一出動經年，窺園偶然事。敢爲花作主，吾老身如寄。乃復補樊籬，遮防亦情累。小童如我嬾，長養薔薇刺。欲剪又躑躅，何當絶非類。

食薹心菜

用心霜雪餘，尺寸取易長。土膏發春雨，其葉沃以光。漸見碧玉篸，枝枝葉中央。初來但小摘，爛熳抽四旁。花時籬落間，色比黄金黄。而我乃爲口，劚歸滿筠筐。芼之供盤餐，指動齒頰香。貧家寡私奉，婢僕皆品嘗。可無勤惰分，於此示激揚。園丁給宜厚，特以匕箸償。山田歲不登，老圃聊救荒。所慚勞汝力，充我藜莧腸。

南湖舟次遇魏禹平時禹平歸自濟南余將往皖上二首

其一

低田幾稜菜花雨，野水一灣蘋葉風。却向家鄉話京國，小桃猶是别時紅〔一〕。

〔一〕按，《原稿》有小注：「庚午、甲戌與禹平別京師，皆二三月間。」

其二

烟雨迷濛港脉斜，葑湖水落吐圓沙。春波門外春帆影，君是還家我別家。

順風無帆戲作短歌

風頭滚滚浪花白，啣尾鄰船開絡繹。千檣多作挂帆行，弦彍虚弓箭初釋。開翎一一雁投渚，騁足羣羣駒過隙。同時離岸我獨遲，我坐無帆聊挂席。偶然利鈍各有數，相去寧須論什伯。來船未必盡無帆，笑爾有帆風又逆。

董文敏臨米天馬賦卷子真蹟余弟德尹以十二金購自賣骨董某家鑒微上人貽書張岭老謂爲遠客攫去足值五十金岭老作長歌紀其語至呼弟爲惡客且云此公詩歌妙絶特削其名氏正欲寄元激之使戰語托滑稽其實乃深忌之也時德尹已北去戲次原韻即傚岭老體并示鑒公

古來善書者，稱聖亦稱顛。張芝米芾相繼出，遂覺格勢大變非從前。華亭老宗伯，落筆何翩翩。衆中自集一家法，學本人力姿由天。偶然放手橅寫《天馬賦》，一斑窺豹知其全。人間流落有此本，幾逐市販同推遷。昨來忽入好事眼，三百十字顆顆明珠圓。傾囊倒篋可笑不自量，巧取或怵他人先。腰纏十金一揮隨手盡，世上乃有此種揚州仙。還家但徒步，不辨書畫船。老僧旁觀歎，且姡謂此可值五十千。大爲得者長聲價，贉卷十倍增鮮妍。語聞張子怳然失，固是痴癖寧非賢。君家向來收藏亦已夥，細入針孔思貫穿。得無羨魚人，往往猶臨淵。去年卧病九十日，料理藥物供高眠。頗聞典賣及古玩，何異開閤散遣諸嬋娟。故人傳與衛生訣，撥棄嗜好年方延。性之所近終不化，如噉石蜜甘中邊。又如雅量蹔止酒，麯車相遇口角仍流涎。作詩相惱覬一擲，寸鐵不用張空拳。豈知懷寶出間道，捲旗卧鼓有似刀藏鉛。無端索和乃到我，野戰突上荒山巔。謂我曾經閲此卷，劘壘相向師非偏。我能爲汝咸其輔頰舌，使汝鉥腎刻肺飲食夢寐中難捐。書評髣髴舉大概，虎跳鳳翥龍蜿蜒。若將墨寶比良劍，也應光怪直射文星躔。然而達人宜自廣，美玉豈必收于闐。貪多務得物斯聚，富而可求吾亦爲執鞭。近來書畫大半入秘府，居奇幾輩包裹充奩緣。三間茆屋配汝作清供，書生習氣如此真可憐。猶復嘵嘵引喙較得失，物情什伯千萬胡相懸。我於妙墨豈不好，只坐欲買羞澁囊無錢。金奩玉軸所見不爲儉，過眼瞥爾心恬然。必教一一皆己有，天地何以生雲烟。况聞佛法無我相，試拈此句詰老禪。滑稽代作解嘲語，滿紙倔强定有瀾翻篇。輪攻倘許破堅壁，正恐筆削爲無權。嚴詩他日編杜集，能禁此客姓氏泯泯終無傳？

去秋自河南歸攜植牡丹數種春來適有安慶之役不及待其開以詩紀别

客遊出梁宋，地主頗不俗。貽我六娉婷，相隨到空谷。我貧寄茆茨，貯爾無金屋。繁華有借境，直以名姬蓄。殷勤手親栽，不忍委僮僕。冬暖少雪霜，春陰滋霡霂。栽培本天意，私願苦難足。可惜姚家黄，一株萎偏獨。五家尚成隊，紈綺可合族。别之豈無情，行期爲改卜。未償道路債，妄冀看花福。開時果出門，詩讖已早伏。余去年詩有「未必花時穩閉門」之句。明年豈不好，吾老狀可掬。應笑歸來遲，尋春同杜牧。

塘西舟中喜晴得六言律詩一首

雨絲渺渺將斷，日氣葱葱半銜。客路漸逢寒食，遊人未换春衫。桃花古渡茆店，柳色輕烟布帆。此去清溪不遠，數尖已露晴巖。

過峤老與之論詩

昨日鳩喚雨，今朝鵲報晴。村村桃李花，處處隨浮萍。中流幾千點，著此孤舟輕。故人知我來，一笑門前迎。別來四十日，頗覺太瘦生。苦吟誠乃疲，中有金石聲。子詩人所怪，任意方孤行。自喜正在兹，焉能博時名。引我附同調，背汗顔亦赬。失學事惰游，東西無期程。古人傳著述，多在名山成。涉獵得其粗，不如閉户精。子今雖善病，幽居領餘清。物理與天機，静觀皆性情。願子堅自信，後來有公評。

飲周柯雲家玉蘭花下

小船撑入菰蔣牙，主人如客偶在家。入門一揖仰面笑，玉樹正吐墻頭花。此花畏雨兼畏日，難得春來好天色。今朝恰是養花天，又被狂風恣狼籍。興來相就席乍移，無酒酤我我不辭。杯中自吸冰雪影，紙上誰賞瓊瑶詞。白雲茫茫屋上下，醉眼迷離兩相射。鈎簾何用更燒燈，自有花光能照夜。

寒食湖上作二首

其一

紅粧催上木蘭舟，女伴家家愛出遊。多事六橋新柳色，自含烟雨自遮樓。

其二

葑田青合去年沙，遠岸殘桃賣酒家。錯怪東風欺老眼，我來原不爲尋花。

題蔡藜輝舫齋次岕老韻

風過溪來洒面凉，一支健水出餘杭。平分半幅疑看畫，難得三間恰向陽。漁網愛牽簾影動，釣絲閒拂水花香。浮家倘許來相就，剪取橋南疋練光。

從湖州至四安舟中大雨

山迴兩崖高，路盡一川狹。春流不盈尺，野艇容恰恰。正賴急雨來，須臾同放牐。孤篷支兩膝，兀坐如被壓。問路屢見紿，方言亂鵝鴨。紆遲終到岸，我有安心法。首路又登山，回頭憶清霅。

雨中過九里岡

平生狎濤江，老怯風波惡。兹游特改路，意取山行樂。一笑我命窮，天公大戲劇。朝來發古鎮，苦雨若赴約。肩輿煩兩夫，蹉跌防失脚。山山勃姑叫，泥滑石齦齶。漸上九里岡，險如出劍閣。我本村野姿，浪遊因落魄。無端役人力，揣分非所托。稍待天放晴，前林候乾鵲。勞生就徒步，庶免中心怍。

廣德州

山勢豁一州，中央據衍土。地當江浙會，開拓自洪武。長興環其東，外捍等干櫓。西南界宣歙，兀突重巖俯。長江乃北門，集慶倚堂廡。當年耿鄧功，拱翼事真主。張吴勢雖倔，力絀不得取。時危有鬭争，事往失險阻。如今城下路，日夜走商賈。獨有好事人，登城尚懷古。

連日風雨山行頗有寒色

盤旋八九里，下上千百尋。身在雲氣中，不知山淺深。雨聲挂奔瀑，風響交長林。空谷早晚寒，颯然作秋陰。初疑春不到，忽有喈喈禽。

飲十字坡茶菴

連岡踏成泥，山骨似無石。汙池之所瀦，土赤水亦赤。瓢漿乃時需，解渴聊飲血。一飲不自持，吁嗟遠行客。

紅林橋

山花不知名，山鳥多聚族。深村窅然入，樹影散晴旭。人家石橋邊，共吸一溪淥。年豐旅食賤，市遠無魚肉。但覺松毛香，茅簷燒筍熟。

宣城道中喜晴

宣城古郡風土嘉，就中最樂惟村家。我來正值積雨後，雲氣解駁生晴霞。岡巒過盡徑路坦，溝洫流去田塍斜。新茶未焙穀雨葉，早稻已茁清明芽。長鬚摇風黐宿麥，新翠著地鋪胡麻。柴門相接緑陰裏，籬落綴以朱藤花。迴思連日走旋濘，若涉大海無津涯。人間乃復有此景，始覺大地猶春華。

曉望敬亭山懷梅耦長孝廉

千峰含霧争出没，惟有敬亭先得日。相看不厭吾亦云，可惜游踪難自必。都官詩派誰復論，家法傳與長身孫。孝廉詩好畫亦好，不愛城市居山村。昔在京華曾倒篋，看畫求詩情頗狎。入山不訪住山人，古者論交無此法。山川興到尚可乘，他日重來能不能。作詩爲報句溪叟，聊記吾曾過宛陵。

高嶺菴小憩

再上已無路，中休宜有菴。花陰移客座，松氣接僧談。俯視風斯下，端居户正南。一泉香積味，慚媿荷分甘。

渡清弋江

一曲清江抱白沙，牧之佳句舊曾誇。乍離古渡舡如葉，初换春衫客憶家。遠處人烟連竹色，晴來村店忽楊花。亂山青過陵陽路，遥指雲頭辨九華。

飲劉蘧菴光禄慕園二首

其一

恬澹知君性，中年早罷官。自耽泉石趣，轉覺世途難。爲我開花徑，攜樽就藥欄。肯辜楊柳月，深坐到更闌。

其二

此來吾有幸，别圃得春光。地主留花待，詩情被酒狂。款門煩兩使，愛客到諸郎。千里能相就，何須置鄭莊。

南陵早發

林深葉密曉冥冥，旭日初啣霧未醒。小店門開惟土竈，一菴僧閉但茅亭。秧從布穀聲中緑，山向畫眉啼處青。獨與野樵争路入，偶逢釣叟覺魚腥。

山家柴栅編竹而不築墻云以拒虎虎能踰墻而不敢窺籬蓋疑其爲陷穽也作虎落歌[一]

危巖下瞰千仞壑，猛虎騰身只一躍。東村黄犢西村羊，入室踰垣恣饕虐。山人不以墻禦虎，插竹成籬用藤縛。目睛如炬不敢窺，疑是中間伏機擭。天生人智爾則愚，咆哮作力胡爲乎。不知此法自誰創，陰絶覬覦真良圖。周防莫遺樊籬破，與虎爲鄰可高卧。

〔一〕「踰」，原作「喻」，據《原稿》改。

蕎麥灣大雨

蹇驢躄躠牛蹄重，雨脚斜飛密無縫。雲蒸霧氣取境迷，泉挾雷聲撼山動。詩人好遊復好奇，衣沾履濕去不辭。人生行路難如此，偏在溪山最好時。

山店阻雨次徐任可韻

長程愁冒雨，小市喜臨橋。旅飯留人住，征衣借火燎。溪喧窗逾静，吟苦膝頻摇。莫作衝泥去，尋山不在遥。

行經九華山麓欲登不果任可有詩戲次其韻

玉池瓣瓣蓮，石角株株筍。去天纔一握，豈可尋丈準。一百六青峰，峰峰入吾眕。終焉就埋没，雲霧諒不忍。天如憐詩人，久被陰雨窘。雖非鸞鶴姿，稍異蟄蟲蠢。撥雲使就道，迴馭控鞅靷。我僕忽告勞，從旁乃微哂。平生汗漫遊，衰暮興易盡。向來徒碌碌，臨去猶惷惷。寄語雲中人，塵寰終遠引。他年香案吏，名籍倘未泯。

碎石嶺詞

黄泥岡頭白日黑，竹鷄一聲石盡扐。杜鵑勸客不如歸，鷓鴣阻人行不得。居人慣聽不覺愁，一蓑背雨唱歌去，我與爾同風馬牛。

初至皖城喜遇同年姚别峰兼招程松皋舍人

宜〔一〕城渡頭三月尾，荻洲新漲河豚起。片帆帶雨剪江來，意外班荆得姚子。人情得隴每望蜀，便想同時兼兩美。作詩更欲招之罘，東向樅陽寄雙鯉〔二〕。大龍山頂龍眠麓，起伏尻脽百餘里。晴光欲動草翻烟，春事將闌花潑水。君能命駕姚亦留，猶及同看紅藥蕊。

〔一〕按，「宜」，《原稿》亦作「宜」，而四庫全書本作「宣」。

〔三〕按，「陽」，原本與《原稿》均作「楊」，據四庫全書本改。

程松皋得余所寄詩即夕自桐城命駕過皖次東坡喜劉景文至韻

偶然折柬相招呼，起聽雙鵲鳴庭隅。知君與我不遐棄，古義鄭重今人無。肩輿西來二百里，疾足遠致兩僕夫。款門大笑發狂喜，屐齒忽折行須扶。余頭漸添種種髮，君頷競長鬤鬤須。别來三歲遽如許，尚不作達寧非迂？勿嫌江城春已晚，百物生意咸昭蘇。梢頭紅藥若有待，含語未吐真名姝。烟花滿前太狼籍，風雨賴汝能支吾。有情相對且盡醉，只恐酒醒仍江湖。

懷寧劉東皋明府招飲薔薇花下

江城十日九日風，遊絲落絮飄晴空。春光却在令君宅，别館布席依芳叢。竹籬半庭添曲折，葉幌一架穿玲瓏。不知花頭幾萬朵，但覺香靄浮簾櫳。晚霞烘天鶴頂赤，杯面倒影魚鱗紅。小胥抄詩浣清露，狂客嘘氣攄烟虹。人言簿書妨作達，正坐才短心憧憧。如君治劇本閒暇，豈有塵霧能相蒙。神清政簡若無事，佳興自與遊人同。不辭小户徑霑醉，髣髴置我葡萄宫。酒闌更話十年舊，獨惜座上無車公。朱悔人與劉同邑交好，故云。

三月二十九日賦餅花

客中春忽盡，僧舍少嘉樹。野草着幽花，荒庭邀一顧。膽瓶貯遠汲，紅紫插交互。雖深攀折憐，且免風雨妬。新枝若矜寵，昨者便成故。也復有遊蜂，窺尋入窗户。沾泥落衽席，等是閲朝暮。微物感吾心，流光去如鶩。

晚晴登安慶城樓

浩浩風聲晶晶沙，大江東去日西斜。雄關地脉來千里，古郡山頭有萬家。一鳥帶烟投皖口，亂帆如葉點楊槎。最憐落拓重遊客，獨倚高樓看落霞。

同年左子畏家上臣各有魚米之餉詩以報謝

裹飯初來似趁虚，可能彈鋏賦歸與。故人館俸慚供米，久客江城愛食魚。垂餌欲分鈎上粒，勸餐恐有腹中書。頻年自識勞薪味，指動無端忽累渠。

與子畏上臣飲楊令詒孝廉宅

映門新漲碧粼粼，步屧相過近有鄰。江上萍踪三月社，意中雲樹十年人。傾來竹葉休辭醉，飛到楊花不惜春。曾是東風同下第，每逢高會易傷神。

寓窗書所見

孤城低壓青山麓，人在山樓正倚窗。忽有一帆移樹杪，始知花外即長江。

僧房多鼠戲次青丘集中乞猫詩韵

物以黠著名，其性故狡獪。詩有穿墉譏，史徵渡江怪。兩端持首尾，同穴争勝敗。宵行競睢睢，晝伏避噲噲。飲河恣取滿，食角忽入隘。寧挵五技窮，肯守一貪戒。客來寓閒院，古佛同破廨。下榻地無多，羣來擾我界。迎貓古有訓，攫噬冀大快。香積乏魚餐，餘蔬雜饐餲。公然掉尾去，竄瓦等歷塊。坐長鼠輩驕，法門幾大壞。聲疑蝙蝠叫，惡甚蠅蚋嘬。鬛綫衲旋穿，污几經屢曬。嬾禪倒頭睡，并少沙彌誡。龕燈乍明滅，慣伺神力憊。客主滿堂中，欺人盡聾瞶。老夫非不聞，恥與鬬機械。逝將歌去汝，鞍馬早可韛。聊復忍斯須，欹眠發長噫。人間老吏多，斷獄豈盡賣。磔之肆階下，微命直草薊。害有大於斯，么䴠法猶懈。豺狼問當道，此語堪下拜。

皖城遇張損持庶常

别君四年前，養痾卧鄉井。繼聞君遠出，訪舊歷鄢郢。藥裹頗關心，川長徒引領。何期皖城下，邂逅歸帆整。春江展明鏡，照見兩人影。一訊眠食佳，再看詩句警。所欣神氣旺，餘力出鋒穎。男兒鬬身强，即事有循省。我貧甘瓠落，踪跡雜蛙黽。君本青雲姿，霜蹄早已騁。姓名上館閣，著作富彪炳。間亦事清遊，官情冰雪冷。却將燕許筆，收斂耳目景。自笑捲波瀾，人誰測千頃。猶然荷降氣，采取到頑礦。故交豈不多，幾個念萍梗。迂疎踵後悔，窮老戀真境。且盡十日歡，歸期敢遽請。

答婁東曾蘭坡次唐實君考功扇頭舊韻

唐庚謂東江。吴質謂元朗。並詞壇，珂里流風尚未殘。白髮江湖稀老伴，青韶朋舊半高官。千金買賦愁何益，二頃求田計果難。慚媿新篇謬推轂，故應仍作布衣看。

任可將歸有詩留别次韻奉送三首

其　一

來何草促去何輕，話到臨岐百感生。並轡山程驢没淖，對眠禪榻鼠窺檠。豪除湖海陳登氣，老傍江關庾信名。行李累君吾轉媿，不曾彈鋏爲魚羹。

其　二

欲解孤舟又蹔維，留行無計且遲遲。夢回風雨春將老，興盡江山句益奇。萬事到頭難逆料，獨行何地不相思。人生只有情難割，容易并刀剪亂絲。

其　三

胡麻好種盍言歸，悵望郊園白板扉。隨水孤萍無定所，時余又將往溢城。出巢雙燕又分飛。鄉音伴我人餘幾，家慶如君世絶稀。也道此番非遠别，不知何事倍依依。

損持見和前篇再疊韻奉酬

君才如轆轤，倒捲百丈井。運斤乃成風，巧斲無匠郢。和章出神速，佳處心獨領。鬬險初以奇，好暇仍用整。余姿實駑鈍，何敢望鞭影。未免竭蹶趨，因君聊一警。終焉免冠謝，老秃管城穎。有顔知自慚，在痛無不省。稍窺作者意，此事力難黽。一生坐好遊，四牡蹙靡騁。忽悟旋已迷，不文焉用炳。北風吹短褐，暖律中微冷。逝收汗漫蹤，少補桑榆景。烏犍叱兩角，碧沼開半頃。欲回焦穀芽，如鑿石田礦。賦才亦分定，造化豈可梗。君苗硯欲焚，邊幅窘詩境。詞華公等事，稼圃吾所請。

同損持任可步入一指巖

借居古寺如鷄塒，破窻無紙户礙眉。庭荒草蕪一無見，卧聽別院鳴黄鸝。故人敲門不暇嬾，邀我近出同尋詩。平岡路轉百餘步，忽有曲徑穿疎籬。春光已殘夏方淺，景物正及清和時。新篁飄籜雨蔌蔌，老樹吹絮風披披。石榴初綻的皪蕊，勺藥未吐婀娜枝。三間精舍好位置，高下恰與林巒宜。寓居纔隔一垣耳，向所未到今追隨。自慚百事坐頹廢，覽勝亦荷同儕貽。

酬詩僧愷月

十日吟牕悵獨凭，不知同舍有詩僧。感深逆旅皆爲客，快比西南乍得朋。芳草一簾花外磬，緑陰半榻雨中燈。從今便結尋山伴，我着芒鞵爾擔簦。

詩筒爲損持賦

誰將圍寸竹，截作徑尺筒。粉筠削盡肌理出，玉質外瑩其中空。爲君滿貯詩千首，投以琅玕報瓊玖。寄去寧煩六六鱗，捧來須得纖纖手。

周通守劉明府惠鰣魚感賦

江橋市氣鯹，細瑣雜鰍鰻。鱘鰓及子鰟，邂逅適我願。鰣魚乃海味，族類去人遠。無端四月初，來就捕魚堰。成羣吹柳絮，力小波濤困。高價買銀刀，充庖復奚恨。千錢易一尾，奇貨居負販。何當地主情，絡繹餉懦鈍。於余誠過分，爲爾勉加飯。憶昨京口城，南包充北獻。至尊珍匕筯，官長申重巽。千艘綱夜集，卅驛沙晨歕。争致五侯鯖，誰焚百金券。自兹遂成例，難以什伯論。乘時規盡取，挂一肯漏萬。遺落偶人間，搜羅又焉遯。生平持竿手，意釣本無悶。朅來江湖遊，飽食慚頓頓。仁人砧几憐，豈獨泯恩怨。竭澤愼須防，擊鮮毋久慁。

登迎江寺塔同程佐衡作

江山本無窮，遠景域近見。凌空得古塔，覽勝斯獨擅。方當賈勇登，寧計足力倦。一層一喘息，屢上屢迴旋。漸覺所歷高，團團目雙眩。大龍鱗甲動，掉尾曳匹練。東沈九子烟，西掣五老電。日光盪浮氣，顯晦呈千變。何來萬斛船，初若葉墮片。須臾到城下，鳧鴨依稀辨。應有舟中人，回頭望雲巘。江心指倒影，了了識我面。多生幻妄緣，顛倒徒自炫。不如且暫憩，萬象付虛眄。直作御風行，泠然有餘善。

次韻答劉東皋

展翼須大風，負舟視積水。我無二者力，於義昧知止。魚鳥兩忘機，波流任縈委。蹉跎不自覺，憔悴今老矣。華髮映青衫，無由脱塵滓。近攜詩卷出，聊復向江汜。邂逅劉文房，清吟壓錢起。君家五字城，藝苑久擅美。千鈞斬鰥角，八扎洞犁耳。也似奏牛刀，砉然入腠理。專家尚難到，碌碌況餘子。不謂簿領中，兼長乃有此。訟庭懸一鞭，客座設四簋。文書日堆案，遮眼愛經史。咳唾隨口成，珠璣誰得似。猥蒙獎許及，欲報慚何以。君本大夏材，干霄養桐梓。文章岳牧薦，名姓上九齒。猶復滯河陽，年年種桃李。譬諸閒草木，臭味在蘭芷。廊廟亟需才，遠琛棄西珥。築臺收駿骨，應自郭隗始。班超筆未投，卜式爵争徙。輸邊半文吏，磨盾雜象弭。曷不走從軍，尚堪作嚆矢。用《班超傳》中語。

三疊前韻答程佐衡

吾黨得程生，紛綸五經井。變風欲删《鄭》，高調乃和郢。跌蕩到文壇，鸛鵝可獨領。談辭聽奮發，儀度看修整。實至名斯隨，有如燈取影。昔年入太學，都講拔清警。衆中頗不凡，揚藻謂見穎。凄然經報罷，徒步告歸省。余時亦客燕，旣毦語交黽。鴻飛豈顧弋，馬縶終思騁。内熱聊飲冰，寧堪膏自炳。至今清夜夢，一笑齒爲冷。小别曾幾何，雙丸劇馳景。回思十年事，倏忽若未頃。君猶錐處囊，我已鐵錮礦。向來期許意，土偶遇桃梗。正賴好江山，鬱紆豁奇境。明朝有高會，徑造不待請。來日約遊大觀亭。

弔元左丞余忠宣公墓二首

其一

王氣江東五彩雲，上流假手緩游氛。若教京觀同時築，誰表孤忠異代墳。僭號無成終是賊，殺身得地孰如君。到頭此事關天幸，不死吴軍死漢軍。

其二

殘局何須論上都，一軍援絶勢真孤。江山故壘殘骸在，社稷中原尺土無。計定全家争赴難，時危幾個肯捐軀。他時謫守含山廟，媿殺生降一老儒。用危太朴事。

佐衡置酒大觀亭招同損持蘭坡志鄴分韻得嵐字

故人置酒城西南，攜我晚登百尺嵐。大觀亭在喬木杪，鵲巢近檻俯可撢。短墻截斷萬家井，惟見遠景浮青藍。海門一關三百里，白馬南下無停驂。南江勢與中江合，一折滙作蛟龍潭。孤亭如山撼不動，影入明鏡光泓涵。舟人水鳥互出没，去者兩兩來三三。夕陽欲沈沙岸樹，疎磬忽報鄰僧庵。主呼痛飲客徑散，要令耳目留清酣。

宿松朱字緑博學嗜古所葺南岳考三卷援據往籍至數萬言而斷以己意大要謂古之南岳乃灊之天柱峰非楚南衡山也頃於皖城官舍出此見示索余題辭作歌贈之

皖中奇士推朱生，文采奕奕千夫英。手持一卷《南岳考》，筆力獨舉千鈞輕。首援六經證据確，旁及百氏搜羅并。《尚書》兩篇列四岳，惟有泰岱名孤撑。北恒西華南則霍，疆域錯見因圖經。厥初相距道非遠。天子一歲周巡行，後來漢武禮天柱，荒邈不及衡州衡。可知灊岳即南岳，語雖似創辨頗精。君家近住此山下，高論直比山峥嶸。火維一神欲易位，此事乃可口舌争。我思鴻濛肇開闢，羣山綿亘誰指名。自從肆覲加望祀，錫以封秩同公卿。神靈豈邀軒冕貴，世俗自炫壇墠榮。界連郡邑互引重，事出讖緯多紛更。陋儒聞見溺沿習，幸免流輩相譏評。如君特識那易得，我不爾怪旁人驚。昌黎南遷偶失考，詩句聊紀衡陽程。他年重續《輿地志》，待爾著述名山成。

敬業堂詩集卷二十二

中江集起丙子五月，盡十二月。

留皖城兩閱月，九江郡守朱恒齋枉札見招，復買帆泝江而上，又踰月乃賦歸。按，《禹貢》有北江、中江之名，皆在彭蠡東。孔氏《傳》以入震澤者爲北江，則古之中江，當在皖口以上，湓口以下。今湖口一縣，當江湖之滙，與經文所云「東迆北會爲滙，東爲中江」者正合。而《正義》引《地里志》，乃指爲震澤之中江，竊恐不然，輒据所歷攷正焉〔一〕。

〔一〕「焉」，《原稿》作「於此」。

久客皖上將之江州劉東皋以詩見送次韻留别

大小孤山色，西南兩點烟。獨攜孤枕夢，又上九江船。岸闊沙沈樹，風狂浪拍天。感君投贈意，臨别倍依然。

酬别高雪亭

五年經遠别，一月又將離。捷徑人皆騖，頭銜爾未移。雪亭爲桐城令九年矣。上官須善事，衆口莫相疑。但去沽名意，後來終見思。

皖城早發却寄姚君山别峰兄弟

又背孤城去，驪歌不忍聽。薄遊逢地主，久住爲山亭。月黑江光動，魚跳霧氣腥。檣烏啼最早，愁鬢轉星星。

黄石磯

水淺舟膠細作鱗，半篙撑過石粼粼。風傳茅店楝花信，山作畫家荷葉皴。王濛畫法也。鼓角自鳴孤戍壘，江湖暗老獨遊人。郵籤不用長年報，熟路重來免問津。

重泊路灌溝憶十八年前曾阻風於此

沙嘴沿迴又一灣，人家初在淼茫間。帆生浦口霏微雨，岸走雲根斷續山。芳草迎船依舊緑，白鷗如我幾曾閒。可憐路灌溝邊柳，暗閲勞生六往還。

蘆洲行

江干積薪如列屋，巨艦裝來聯萬斛。天生此物充正供，歲歲陳根發新緑。舊崩沙岸册未除，新漲荒洲報方續。三年一丈久成例，增減何曾量盈縮。不知此課起何年，坐待摧枯濕同束。我聞王政有遺利，藪澤閒田聽樵牧。如今尺寸籍農丞，作俑必由桑與卜。踏地輸租爾勿慳，逃空那得出人間。但看歸雁知人意，不敢啣蘆徑度關。

花洋鎮阻風望小孤山借東坡慈湖峽五首韵

其一

積水西南一眺空，海門遥在有無中。行人已達大雷岸，好借半帆潮信風〔一〕。

〔一〕按,《原稿》有小注:「東北風爲潮信風,見《國史補》。」

其　二

遠色蒼然近皛然,鷺鷥衝破夕陽天。烟江叠嶂無人畫,一硯題詩落眼前。

其　三

魚網漸收沙際市,酒旗猶綽水邊扉。青裙縞袂誰家女,日暮一砧來浣衣。

其　四

萬竅争號怒未融,輕篙弱纜總無功。老夫只作參禪坐,定裏松濤起半空。

其　五

小孤知我重來意,先向江心矗片帆。爲報白頭猶健在,擬尋初約上巉巖。

避馬當之險從磨盤洲經沙灣至喻家洑

清江吐白沙,去岸二三里。小艇泛舸艚,團團磨旋螘。江豚鼓鬐鬣,簸蕩南風起。篙工羣作力,進尺退或咫。馬當突兀來,石狀怪且詭。半爲鬼斧劈,倒插截其趾。白鷺導我前,依依投别沚。紆途雖較遠,脱險差可喜。輕生涉波濤,鹵莽迫暮齒。前非踵知悔,恐懼及茲始。

阻風小孤山北晝夢家園牡丹盛開醒而聞鷓鴣聲戲成一絶

羣仙一味嘲輕脱，故引名花入卧遊。却被鷓鴣呼客起，黄蘆苦竹近江州。

遊小孤山二首并序

大江經湖口縣，合彭蠡之水達於皖口，《禹貢》所謂「中江」也。小孤山屹立於其中，當盤渦激湍之滙，雖好事者亦罕游。余過此數數矣，至輒風濤間作。丙子四月杪，從安慶泝江而上，連遇西南風，舟行濡滯。五月戊午，黎明發喻家湫，刑牲默禱，須臾風止，余竊喜曰：「登山，夙願也，神其許我乎！」亟令榜人剪渡。山形三面懸峭，惟西南一角，横石坡陀，首受分派，其下洄流，可以弭棹。攀磴北上，劣僅容趾。凡百餘級，入洞門，折而東，鐵柱在焉。稍西爲神女祠，再上爲大士閣。從神女祠西北上，兩旁峭壁，中穿石罅如入螺殼中，背東面西，已復折而北。路盡，一亭翼然。行者必少憩，以蘇喘息，然後躋絶頂焉。山之顛，遠而望之，初若半圭，已而如拳，如髻，至此乃知其中分爲二也。環而計之，東西北皆方，南獨圓。南北長二里許，東西得三之一，東麓距岸約四里，西麓僅三之一。山之大概盡矣。既序茲遊之始末，又綴以二詩，夫有所感也。

其　一

一綫長江直向東，可無拳石兀當中。僧窗坐湧千帆日，客袖來當五月風。筋力將衰酬夙願，波濤不拒賴神功。山雲海市尋常事，敢擬韓蘇説感通。

其　二

鳥道羊腸盡坦途，身先僮僕作前驅。能爲砥柱何妨小，不傍羣山轉愛孤。江海一關留鎖鑰，金焦兩點闢門樞。從他萬口流傳誤，肯許彭郎作配無？小孤山神之爲女郎，不知始于何時。歐陽公《歸田録》稱小孤在水中，巋然獨立，深譏轉孤爲姑爲俚俗之訛。然東坡詩「小姑前年嫁彭郎」，則宋以前久承此謬矣。

午日重登庾樓和朱恒齋太守

已上孤城又上樓，使君高宴最風流。重來溢浦逢佳節，閒對廬山話昔遊。畫鼓綵纏争渡楫，曉粧紅插半開榴。賞心事事多非昔，不獨思鄉易白頭。

湓城喜雨

塝田長苦旱，九江民俗，呼遠水田爲塝田，近水田爲龍田。塝讀作胖，上聲。炎夏方藴隆。坐看匡廬雲，出没千萬峰。不肯作霖雨，厥占歲當凶。天心有轉移，夜枕聞豐霳。火光出飛電，起蟄鞭潛龍。朝雨忽滂沱，雲來相附從。偶然得際會，似欲貪天工。野人本無心，詩語出至公。旱吾不汝罪，雨亦非汝功。

次韻酬南昌葉素我

寥寥海内幾同心，此事終緣臭味深。乍喜芝蘭留獨賞，每談風月輒相尋。數篇爲我開詩戒，一語從君進《酒箴》。惆悵琵琶亭畔柳，中年聚散最難禁。

題恒齋太守春江載鶴圖小影次韵四首

其一

麯塵濃緑染初勻，紅杏村邊雨洗新。不向春江看畫稾，誰知太守是詩人。

其　二

也如泛宅也浮家，畫舫移陰柳半遮。好與茶山留故事，開封遠信裹青紗。黄山谷以青紗蠟紙裹茶寄人，不過二兩。廬山産閩林茶，故借用之。

其　三

自飲廉泉不願餘，更留何物伴琴書。仙禽最得貧官意，未肯臨淵便羨魚。

其　四

一羣紅掌漾清波，官閣詩成記放鵝。恒齋有《放鵝詩》。斗粟累人添鶴料，二千石俸近無多。今年官俸俱充兵餉。

發潯陽酬恒齋贈别二首

其　一

遊踪宦跡並沈淪，管鮑交深在一貧。小别星霜經五稔，遠來風雨又三旬。弟兄托契情原厚，兒女相關意倍親。料得他時了婚嫁，兩翁俱是白頭人。時與恒齋初結兩姓之好。

其二

攀轅截鐙去何之，廉吏誰云不可爲。風月招邀蓮社酒，江山開拓庾樓詩。宦情向冷憂還喜，苦語臨分頌亦規。莫聽琵琶空洒淚，清名難得九重知。恒齋已挂吏議，奉旨特留。

重過湖口望五老峰

又挂輕帆過石鐘，有情難忘是遊蹤。風痕忽散一湖浪，雲氣愛迷五老峰。此日舟中回白首，當年天半倚孤笻。衰遲定被山靈笑，歷險探奇漸漸慵。

赭磯雨泊

午汗翻漿晚未融，雨聲夜入荻蘆叢。孤舟野岸少嘉樹，六月大江多暴江湖舟人呼作「報」。風。蚊響似爲雷助勢，螢光敢與電爭紅。等閒何用生分別，多付微凉一枕中。

彭澤阻風追憶壬申舊遊寄朱恒齋九江魏昭士寧都

緑楊陰裏幾家烟，小縣重來記往年。劈紙風流看駐節，隔江雲樹識歸船。故人久别稀書札，太守新聲在管絃。欲上旗亭無酒伴，鬢絲愁絶杜樊川。

曉晴過馬當

風止波猶鳴，空江蕩餘勢。千帆散萍點，飄轉豈有蔕。夏雲少媚姿，突兀拔空際。小孤曉粧就，回首露寶髻。但覺兩岸移，寧知一川逝。詩成枕席上，出語如噴嚏。境過旋已忘，中流方鼓枻。

大雨泊東流城下食頃放晴二首

其一

沙頭初繫纜，船尾忽聞雷。高浪吞天去，長風帶雨來。近城嵐氣合，對岸夕陽開。六月川程惡，陰晴日幾回。

其二

只有青山色，差宜雨後看。天心今若此，行役倍知難。翠柳騎牛岸，清流浴鷺灘。不逢陶靖節，誰肯説休官。東流，古彭澤也。

夜泊吉陽湖

酒旆當門柳拂船，雨餘一帶好山川。漁村吐火江初練，葦岸沈鈎月未弦。風進微涼知夜永，客欹孤枕覺秋先。亂蛙最是無情物，苦向荒灣聒醉眠。

曉發望江岸晚至樅陽

中流沄沄浪作花，輕帆南下整復斜。家書曉報大雷岸，客夢夜落長風沙。船頭一轉二百里，水面忽浮三兩家。烟收霧散目力短，白鳥飛去移蒼葭。

樅陽僧舍消暑七首

其一

樅陽古重鎮，六代推繁華。軍府建旌麾，居民十萬家。自從郡邑改，夾岸惟蒹葭。誰知近水市，客饌無魚蝦。

其二

古刹聚劫灰，入門尚茅茨。曾經上番住，徑造不見辭。短墻日就頹，故榻猶未移。闍黎頗好事，指我壁上詩。重來亦偶然，翻觸徂年悲。壬申客樅陽，曾寓此。

其　三

昔與錢少陽，茲焉互酬唱。頻爲文字飲，屢荷鷄黍餉。别中兩寄書，松竹問無恙。答言吾老矣，後會恐難望。世薄風氣衰，老成果殂喪。田間一茅屋，過者今悽愴。傷錢飲光先生。

其　四

道楷本名僧，文士相往還。築居傍闤闠，長苦不得閒。遠客寡交游，避暑來掩關。汝出我居守，嗒焉似空山。

其　五

庭空白日長，竹樹森成林。彼當炎歊氣，我受清凉陰。北窗多好風，時時中衣襟。長恐俗子覺，叩門來足音。

其　六

客贈贛州蘭，幽賞自矜貴。遠遊無長物，爲爾添一累。月明看露光，人静覺花氣。提攜成老伴，一笑吾臭味。

其七

老夫方晝眠，風雨來縱橫。欠伸得餘味，轟動了不驚。電影搜破壁，謂是吾眼明。雷聲殷空牀，謂是吾耳鳴。須臾萬竅寂，殘夢續復成。

過青山弔田間先生示懷永懷玉兄弟及令姪廷益三首

其一

田塍高下路欹斜，小雨濛濛早稻花。到此不愁迷失道，讀書聲裏是君家。

其二

絮酒何辭觸熱過，依然廢瑟在巖阿。較他短笛山陽泪，三世論交感更多。

其三

存亡出處總相關，惆悵燕臺客未還。滿架遺書付君輩，天教風雨護名山。時越秀客遊京師。

順風過池口

舸艚船上南風急，好片池陽雨後天。九十九峰青不斷，白雲蒸出九枝蓮。

大通舟中看雨

南岸雲埋山，北岸雲出岫。乘時各行雨，天本無私覆。豈知倉猝間，中有龍蛇鬭。當其鬭未合，中流猶白晝。南勢漸北侵，渡江躡窮寇。馬牛殊順逆，蠻觸争左右。北風忽不競，退縮示免胄。坐聽南風狂，蛟涎捲奔溜。雷公與電母，飛檄亟相就。盡助昆陽圍，誰爲鉅鹿救。須臾賀戰勝，雨點隨其後。的皪走明珠，淋浪撒金豆。魚蝦半空落，虎豹或驚仆。我窮客江湖，境險迫邂逅。閒中閱造化，觸目誇日富。吟成看雨詩，篷隙日光漏。

六月十五夜紫沙洲對月

檥船古柳岸，江闊風吹裳。快哉雷雨餘，復此終夕凉。清波洗眉目，白露入肺腸〔一〕。炯然孤月明，漏此一掬光。願從魚鳥住，永與江湖忘。

〔一〕「眉」，《原稿》作「我」；「肺」，《原稿》作「我」。

當塗道中

六月江路惡，驚濤戒舟杭。挂帆入支河，如馬馳康莊。雨過禾苗齊，風來蒲稗香。平灘立鷗鷺，淺草眠牛羊。宛宛柳拂渠，修修竹遮墻。時見荷耡叟，休陰坐微凉。游子久離家，歸心日夜忙。寧知此間樂，風土近故鄉。

晚登高淳縣南水月閣

偶爾經過偶泊船，偶登佛閣亦隨緣。一茶不負居僧意，留我西窗看稻田。

渡高淳湖

曉程貪穩睡，天色尚濛濛。人語蓼花外，鳥鳴茭葉中。舟稀知路僻，水淺賴潮通。脱盡江湖險，朝來不怕風。

從洴練出西氿二首

其一

到此無風也自凉，繞身四面是湖光。舟人遥指宜興縣，孤塔對船如筍長。

其二

蘆灘淺處作人立，白鷺一羣如白衣。何事近船還引避，故應慚我未忘機。

九龍山下人家

小屋疎籬透晚凉，亂蟬啼處正斜陽。緑槐樹底通頭女，風過微聞抹麗香。

初登惠山酌泉

九龍蜿蜒來，垂首倒吸川。歕雲洩乳竇，至味淡乃全。我攜陽羨茶，來試第二泉。山僧導我至，古木枝參天。不知閱幾朝，仰視皆蒼烟。蔭此一眼碧，自然得澄鮮，出山豈不清，真贋恒相懸。缾罌列市肆，例索三十錢。挹注苦被欺，向來殊可憐。會當置符調，此法休輕傳。

六月廿三歸舟過荷花蕩口戲作

緑水紅蕖連夜開，明朝多少畫船來。歸人合被遊人笑，拋取花前一日回。吴中風俗，六月廿四日士女遊荷花蕩。

常州道中紀事二首

其一

一丈黄泥浪，郊扉尚有痕。孤城經雨塌，百瀆被湖吞。鵝鴨回頭失，蛟龍掉尾渾。亂帆如白鷺，點點稻花村。

其二

暴漲衝橋斷，騎牛當渡船。築塘連絶岸，戽水出低田。沈竈蛙魚入，疎籬荇藻懸。天心人不測，容易説豐年。

春間從吴興買藕寄歸種園池中今歸自皖城白蓮已試花徘徊池上有作〔一〕

廢圃遺利多，污池荒一畝。養魚飽獱獺，棄作葭藋藪。計窮乃得變，水淺規種藕。種藕利稍遲，事在三年後。先爲看花計，於義微有取。呼兒移竹榻，謀婦出斗酒。舊來小池亭，頹圮惜已久。池南向有石亭，亂後燬於火。艱難生理窄，一醉還家偶。結茅何時成，惆悵回白首。

〔一〕按，《原稿》題下有小注：「以下到家後作。」

顔學山學憲招同劉坡千林碧山沈昭嗣湖舫燕集

京國頻年散素心，湖山一夕盍朋簪。笙歌隔座通荷氣，臺榭移舟過柳陰。解后不愁佳客少，往還誰似故交深。只慚當路憐才意，猶許方干作醉吟。

九日同趙蒙泉項霜田楊次也泛舟西湖登孤山和蒙泉作二首〔一〕

其　一

清醥盈樽蟹劈黄，故人有約作重陽。啼殘楓樹鴉翻陣，影拂蘆花雁起行。此日烟波還命侣，去年風雨正遊梁。回思南北勞勞路，翻怪登高得故鄉。

其　二

涵碧橋東畫舫停，遊人多上御碑亭。樓臺頓改才人畫，丘壑潛移處士星。紅葉晚燒諸寺赤，碧天秋縱兩峰青。詩翁老去狂猶昔，肯向湖山更乞靈。

〔一〕「日」，底本作「月」，據《原稿》改。

唐考功東江爲仇滄柱編修禮闈所得士今來典試吾浙出闈後爲湖舫雅集邀余奉陪即席和蒙泉韻二首

其　一

前輩風猶在，斯文寄不輕。歐陽爲座主，蘇軾得門生。一月了公事，三秋多勝情。旁觀争太息，誰不重科名。

其　二

錦纜牽官舫，餐錢費客庖。酒開清箬甕，橘拆洞庭包。霜嶺將楓葉，烟堤尚柳梢。湖山君作主，何地置貧交。

題吴紫莓所藏吴白畫設色金銀花

天公省事厭紛華，澹白微黄本一家。却被毫端勾染出，無端分作兩般花。

秦郵道中即目以下十月北行作。

不知淫潦齧城根，但看泥沙記水痕。去郭幾家猶傍柳，邊淮一帶已無村。長堤凍裂功難就，濁浪侵南勢易奔。賤買河魚還廢箸，此中多少未招魂。

舟經寶應居民被水者多結茅於堤上故廬漂没不可問矣

蛟涎魚沫奪殘黎，收復流亡賴此隄。寒比蟄蟲宜墐户，忙如巢燕正爭泥。雲沈雪意千帆合，天壓湖光四面低。好與官家勤畚鍤，免教歲歲逐鳧鷖。

季冬朔日渡黄河是日河冰合而復開，土人名曰「灘凌」。

崑崙萬里來，盛氣日盪决。嚴寒一擊斂，流汞變積鐵。下容蛇龍卧，上少螻蟻穴。風雨過輪蹄，雷霆駭魚鱉。河神不敢偵，縮頸比蟲蟄。東風昨夜至，氣候改栗烈。忽開無底竇，砉與厚地裂。將毋鋃山崩，散作萬堆雪。小船晨喚渡，投間伺其缺。虎齒齧兩旁，羊腸迴九折。中流倘失勢，過涉慮頂滅。篙師皸瘃痕，手足互流血。非無白日照，煦汝乍煖熱。造化故無私，寧爲一夫悦。客子衣裘單，長途計尤拙。歲窮迫行役，既濟轉愁絶。

王家營旅店遲楊次也家東亭不至

已過江淮半月期，一行雁羽尚參差。勞人相傍貪同伴，熟路頻經漸少詩。急景欲回西日笑，輕裝那免北風欺。鯉魚信斷河冰合，悶極寒燈照影時。

紅花埠遇雪

記得芳時幾度經，自此至郯城五十里間，桃花最盛。余甲子、己巳、庚午，皆于三月過此。衝寒明發又郯城。橋邊雪意詩催就，鬢上冰花氣結成。堠館迎來風北向，鄉程讓與雁南征。敝裘或有天憐分，只費殘冬半月晴。

雪後蒙陰道中

日出天忽高，山寒雲不附。峰峰帶晴雪，遠近畢呈露。馬蹄碎瓊田，蛇尾曳絲路〔一〕。草枯燒不盡，白者疑伏兔。饑鷹下攫之，注目始知誤。糾然㠑身上，却立槎枒樹。樹更僵於人，咆哮風正怒。何處問旗亭，衝寒背城去。

〔一〕「絲」，《原稿》作「前」。

張夏旅壁見德尹墮車傷指絶句戲次原韻三首

其一

役車歲晚幾曾休，斗酒何時與婦謀。此意自憐還念汝，一燈今夜白人頭。

其二

一笑驅馳老未休，墮鞍如與少陵謀。回思下澤車中客，不爲封侯合轉頭。

其三

安穩生涯一醉休，天全畢竟勝人謀。人間險語何須鬭，不説矛頭即劒頭。

趙北口夾堤柳陰最密不知何故忽被斫伐存者惟枯椿而已感歎成詩命兒建同作

五度征鞍柳拂絲，重來禿幹已無枝。摩挲老眼還三歎，看汝成陰又幾時。

白溝旅店見甲戌冬杪題壁詩談是山繼和一首再次前韻兼寄未庵

帽裏驚沙鬢點霜，三年前記卸行裝。天寒倍覺暮程遠，酒薄不禁冬夜長。吴語同來還有伴，燕歌相和若無旁。詩成爲報君兄弟，飛夢三更已帝鄉。

敬業堂詩集卷二十三

得樹樓集起丁丑正月，盡十二月。

吾家自喪亂後，僅存橫溪老屋，與兩弟同居。余所棲在西北隅，年深瓦落，不足以庇風雨。丁丑春，大兒倖舉南宮，挈之還家，爰即舊址改築小樓，樓成而老木數十章，皆在几榻間。因取少陵詩意，顏曰得樹。

人日同孫松坪張漢瞻楊晚研宮友鹿錢亮功方拱樞吳元朗蔣揚孫家德尹集王赤抒邸舍分賦上元燈八首

其一

四垂羅帶影飄飄，一綫中懸愛細腰。莫傍市門輕衒影，有人依樣要偷描。

其　二

瓶口紅光忽吐蜺，醉人相對舌如箕。却因酒具名相似，記起花時鳥勸提。右葫蘆燈。

其　三

傴僂聊爲秉燭遊，似曾閱世笑蜉蝣。朱門光景番番换，幾輩相看到白頭。

其　四

故紙形容大可憐，敢同南極指星躔。誇人只有香山老，張丈前頭炫少年。右老人燈。

其　五

鱗鬛粧成畫不如，竿頭擎出晚晴初。九衢塵浄月如水，一隊人隨一隊魚。

其　六

星橋鎖動沸波濤，人海中間湧巨鼇。多少書蟫曾飽死，讓他枵腹事焚膏。右魚燈。

其　七

一幅輕紗隔座深，芸牕小立夜沈沈。不争六曲屏山好，虚費人間屈戌金。

其八

三尺孤光一片冰，當筵珠翠照何曾。眼昏已少看花分，更隔看花霧一層。右屏風燈。

二月杪南歸涿州道中遇雪十八韻

頗訝今年雪，方知此地寒。春深猶漠漠，野闊更漫漫。咳吐紛珠玉，飛揚富羽翰。近從煙際辨，遠入霧中看。鴻爪輕留跡，楊花滚作團。風輪旋蟻磨，車轍轉蜣丸。銀海光相耀，瓊田暖未殘。密防蟲户啓，細補鵲巢完。淺草勾尖没，枯株萬木攢。千家如畫裏，雙塔指城端。石滑經橋怯，沙平取徑難。幾曾填窖井，特爲顯峰巒。席帽融冰濕，征衣燎火單。茅茨雖易壓，穴隙莫相鑽。對爾吟慚郢，催余鬢比潘。匆愁燈焰短，直愛酒升寬。朔候何當變，泥塗不肯乾。明朝有奇計，酩酊上歸鞍。

連日車行泥淖中朝來僱短驢自固城至安肅縣凡兩墮鞍即事有感

雪消春水發，古道窪然低。客行忽落此，局促如鷄栖。兩車同隻輪，六馬併一蹄。力盡甫脱險，阬深復無蹊。長恐雪繼作，有滃雲萋萋。晨興天色佳，日脚垂虹蜺。跨驢横短策，快比駿駃騠。西南見郎山，刻露出角圭。寧知一往氣，世路偏多迷。蹶跌豈及防，康莊有排擠。前行苟無失，遲速理亦齊。還來車上坐，且免衣沾泥。

保定旅次閱邸抄得從弟東亭及兒建南宫捷音口占志喜兼寄嘲老友姜西溟

邸報傳來樂事重，一尊相屬慰浮蹤。青春三月客懷好，白髮半頭歸興濃。子弟聯翩同榜羨，家門成就老夫慵。探花却入少年隊，試問髯姜可勝儂。時姜亦成進士。

渡三汊河聞前路泥乾喜而有作

三汊河畔水濺濺，洗盡春泥上渡船。從此騎驢似騎鶴，折條垂柳當歸鞭。

晚抵安平縣

野曠天高落日紅，近城烟氣忽如籠。楊椿緑上鴉棲處，草意青回馬跡中。昔夢尚驚泥活活，歸心還怕雨濛濛。衰遲自分邀天幸，坎陷迴車路未窮。

大風過深州城外

驚沙衮衮日黄黄，不料東風爾許狂。茅屋捲空留破柱，酒旗吹折剩荑楊。幾家賣餅枯壕畔，一老扶犂大道旁。爲話連年秋潦苦，出車畿甸正輸糧。

曉渡衡水橋風色甚寒小飲市樓

石古橋滑臨奔湍，衡漳流濁同桑乾。高樓下瞰岸千尺，美酒大書旗一竿。帽絮蒙頭欲敗意，魚羹入饌聊加餐。杏花全未有開信，知是北來風色寒。

棗强道中喜晴

斷雲開四望，初日解重陰。野氣浮天動，烟光薄樹深。疲牛尋故跡，老馬得歸心。題偏旗亭壁，何人識苦吟。

客有稱高唐州爲緜駒里者戲成絶句

野語齊東最易訛，緜駒遺俗近如何。自從一變崑山調，不是吴兒不善歌。

大道曲

荒鷄聲遲月落早，行人出門看參昴。一條大道飛古塵，歲歲何曾長春草。我欲叠作山，羊腸九折争躋攀。我思鑿成水，泗人出没波濤裏。直教馬無四足車輪方，此路始應春草長。

穀城山

東阿城東穀城趾，傳是仙家舊鄉里。圯橋老叟果何人，能致留侯跪進履。《兵書》一卷既不傳，事往無徵正在此。秦皇凶暴蔑賢聖，偶語詩書皆棄市。布衣起自泗上亭，溲溺儒冠固其理。此非可以正道説，詭託《陰符》自兹始。竟參帷幄佐奇謀，躡足時時還附耳。大蛇中斷羣雄滅，走狗旋烹舊臣死。舞陽活自女嬃偷，蕭相生遭獄吏恥。子房遠禍蓋有道，直視侯封同敝屣。神仙之説誠渺茫，有托而逃斯隱矣。陋儒讀書寡深識，異事人人徵太史。後來競指黄石公，當日原無赤松子。我爲此語豈好奇，石若有知呼可起。

清明後一日同戴田有弟東亭兒克建重游濟寧南池

露氣霞光水洗鮮，孤城深入鏡中天。杏花風暖高樓笛，柳色烟濃隔浦船。蠟屐半生凡幾兩，青袍一夢忽三年。壯心敢擬桓宣武，直爲攀條也自憐。

黄河打魚詞

桃花春漲衝新渠，船船滿載黄河魚。大魚恃强猶掉尾，小魚力薄唯噞水。魚多價賤不論斤，率以千頭换斗米。河壖大潦秋不登，今年兩税姑停徵。但願田荒免逋賦，與官改籍充漁户。

大風渡黄河舟中與長源姪對局

柳絮春狂剪渡風，片帆飛下急流中。船頭已達長淮岸，一局殘棋劫未終。

過揚州示崔性甫楊曉先兩同年

不到紅橋已八年，有人柳下記停船。楊郎落第崔郎病，縱使同遊越可憐。

閏三月朔日蝕舟中遇雨紀事

丁丑閏三月，日食法當既。明星晝當見，從卯當至未。白晝如昏黄，果然伊可畏。舟行搒偃卧，閉目聊自慰。何來打篷聲，雨點驟如沸。皇天闓垂象，下土雲蓊𩃬。似欲弭此灾，盧仝，險艱殊少味。

鬖髿。六師方犂庭，欃槍掃敵愾。佇清沙漠塵，聲教朔南暨。公卿滿臺閣，賀表辭不費。五事占休徵，竊疑非此謂。天變雖偶然，民勞亦宜塈。野人語無擇，托興在薈蔚。不敢學而爲不祥諱。我聞日當食，不食乃足貴。豈有晦昧晨，又蒙霾霧氣。將毋陰太盛，推驗得

初到家戲謝戚黨之見賀者

趁伴攜兒出帝畿，到家猶及换春衣。遠煩親友來相賀，不道余仍下第歸。

兒建赴殿試北上詩以示之

今年夏苦旱，六月未徂暑。兒子將北行，衝炎逐徒旅。留之又不可，遣去無多語。汝名已倖成，汝力正須努。天子方右文，策名在當宁。萬言應廷對，有抱期畢吐。煌煌鐘虡懸，叩擊諧律吕。自從制科設，得士凡幾許。置汝于其間，太倉特一黍。然而勿自薄，儕輩盡翹楚。同年百五十，若者指可數。父事中有人，姜西溟，吾癸酉同榜；嚴賓仍，吾同學老友也。雁行敢兄序。功名亦時至，非可有意取。造物吝虛名，齒角肯兼予。吾宗兩太史，荆州兄、聲山姪。並篙搏風羽。盛事傳一時，借居鄰韋杜。雖云官禁近，未免索米苦。汝今往憑依，慎勿希

華膴。秋深決歸計，且復返鄉土。久甘南巷貧，差勝北門寠。千薪尚壅積，銓注十纔五。從政雖多途，不如科目舉。讀書想先輩，既進或慚沮。豈必一第邀，便思行綰組。閉門更力學，合轍驗今古。却出作選人，於世冀小補。而翁百念灰，自審莫若處。諄諄向臨發，庭誥述父祖。吾但當弄孫，門户全付汝。

得樹樓初成以詩落之九首

其一

百年計樹人，十年計樹木。辛勤荷先澤，以有此老屋。兵火乃幸存，曩基方改築。勞生竟何得，去此空馳逐。誓收湖海蹤，歸掃一庭緑。樓成名得樹，外是非吾欲。

其二

五架初度材，謂在百金内。銖銖累木石，所費奚啻倍。貧家舉事難，輕發每追悔。連朝責逋負，工藝集羣喙。將爲逃債臺，一笑付聾聵。

其三

列垣周四隅，與樓勢迴環。憑高無遠矚，胡以開心顔。竅壁延緑陰，少見天疑慳。别添一小閣，忽湧海外山。豁然百里目，乃在主賓間。

其　四

貞白居三層，元龍卧百尺。神仙彼可致，豪氣我非昔。方當狎斯人，未許校什伯。敢云去地遠，稍與鷄豚隔。尚恐鳥雀羣，移巢避生客。

其　五

一榻雖已安，終慚自爲計。心長髮苦短，力不及諸弟。前人締造艱，親歷始知勩。撫兹念堂構，補葺當次第。身在吾敢辭，茫茫配根蔕。用少陵《四松》詩中語。

其　六

設梯盡十級，傴僂連脽尻。日上能千回，兒孫捷飛猱。阿翁貪静坐，嗔嚇時一遭。形神既未忘，那免陟降勞。習勞亦不憚，所戒舉趾高。

其　七

卑濕苦舊棲，老根連草蔓。新來稍軒敞，恰直樹之半。雖除螻蟻緣，却被蜩螗亂。朝眠與晝坐，鳴聒傍几案。推牕驚不去，疎響或一斷。喧寂兩聽之，老夫化成見。

其八

夕陽轉庭西，樹影來墻東。龍蛇動户牖，始知天有風。開襟亟當之，快若逃虛空。人間正炎熱，置我微凉中。

其九

竹垞工八分，大字作擘窠。爲余題歲月，惜墨不費磨。懸之樓中央，筆勢翻江河。疑挾風雨至，颯然散高柯。時時卧其下，所得良已多。

樓上看雨

卧聞牀下殷輕雷，起拓南窗八扇開。墻缺雲流山影去，樹頭風截雨聲來。一鳩逐婦移陰立，雙燕將雛取勢回。我本無田還望歲，略分餘潤到蒼苔。

題周兼畫南唐小周后真六首

其一

人間姊妹工相妬，遺恨茫茫豈有涯。怊悵瑶光梅信晚，一枝潛進未開花。

其　二

湘裙如水不擡風，鳳咮攜來倒挂紅。色色丹青無著處，泥金一縷在雙弓。

其　三

月暗花明霧氣多，盈盈羅襪步凌波。外間誰管深宮事，偷唱新聲子夜歌。

其　四

不須更減一分肌，周昉繇來善貌肥。如此丰姿如此畫，當初猶道未勝衣。

其　五

開寶初元議禮遲，待年承寵已多時。在廷只有韓熙載，曾托元和諷諭詩。

其　六

垂鬟分綹髮初長，想是南朝時世粧。指與俗工從未識，可憐絶筆付周郎。時兼惜已下世。

晚　景

晚景蟲聲入，空庭易夕陽。鵲巢風更穩，鶴骨露初涼。病葉非關蝨，秋花不取香。物情閒處得，吾轉惜流光。

次韻答顧搢玉

失學負壯年，東西逐烏兔。蹉跎髮漸絲，落拓衣仍布。希心躡前踵，回首却故步。歌筑混屠沽，唱酬雜緇素。歸來稍稍悔，事去種種悟。庶望針砭加，奚啻雪霜雨。去聲。雖蒙同人憐，或恐異己妬。之子負高才，於余枉佳句。紛然蓬麻中，直拔千尺樹。温恭具真性，磊砢得奇趣。何期天畔鴻，狎此沙頭鷺。知音世不遭，敢惜肝膽露。鷄鳴風雨晦，旅館燈燭暮。明朝走相尋，户外有二屨。由來意氣合，詎若邂逅遇。君家門地高，舊是雲間顧。昂藏自殊衆，標榜不在互。問途慚已經，吾老乃迷路。

雨夜過徐淮江二首

其一

萍浮梗泛久西東，每過南湖憶此翁。斷港船通新漲水，空庭樹拔去年風。五經自課佳兒讀，半刺曾嫌俗客通。好是扣門能不拒，一燈重對雨聲中。

其二

草堂南畔小池幽，一片蘆聲蓼穗秋。滿壁詩牋存歿泪，積年書疏往來郵。閒追昨夢驚彈指，老剩貧交幸到頭。未免對君還自媿，桑榆晚景亟宜收。

八月十六日同鄭春藨嚴定隅吴紫莓家潤木湖頭小飲風雨大作泊舟湧金門外是蚤襆被而出晚來興盡入城戲作一律邀諸子並和

及到繁華地，翻成寂寞游。烟波三百頃，風雨一孤舟。山好偏宜澹，湖空易作音佐。秋。却防漁父笑，襆被不曾留。

種菜四章

其　一

晚豆尚沿籬，秋瓜已除架。畦丁惜地利，菜子及時下。功力積纖毫，滋培仰造化。勾萌達新雨，布緑密無罅。一甸可分蒔，半畝不待借。用東坡事。既足散其餘，猶能乞音氣。鄰舍。

其　二

灌溉既已勤，其長亦奮迅。窠窠盡發洩，生意不少吝。連朝風日晴，秋蟥忽成陣。洒灰得方法，經驗始深信。幸是力能施，何難手除疢。黍苗被蟲食，四野年不順。老圃奪天工，忍饑聊免饉。

其三

晚菘雖弱植，不怕霜雪加。秋種春可茹，盤餐佐貧家。根株諒無幾，口腹豈有涯。人間賣菜傭，求益方紛拏。禦冬吾有計，旨蓄良足誇。

其四

杜陵客西川，種藝頗有園。清晨送菜把，乃感地主恩。兹事吾不取，恐爲貪夫援。於世苟無求，食力稍自尊。英雄亦如此，無事且閉門。

九日獨行園池上看木芙蓉

雨後罷登高，杖藜惜腰脚。園荒少秋菊，無以慰寂莫。兩株木芙容，紅白正聯蕚。忽然失明鏡，萍漲水將涸。坐使雙嬋娟，影妍無處著。空持好顔色，脉脉自開落。應得主人憐，新晴走赴約。吾衰減情累，於物何厚薄。不忍廢重陽，逢花還命酌。

友人齋中看菊

幽人如晚卉，愛傍籬邊遊。瓦盆薦茅齋，高下凡千頭。紅紫豈不好，黄花乃吾秋。森然羣豔中，正色與目謀。競賞違衆嗜，獨吟發孤愁。泉明不可作，孰與偕唱酬。

喜又微姪自南昌歸

共客洪州幕，回頭十五年。未成宗炳卧，各有尚平牽。身健貧何礙，吟深句必傳。故鄉稀酒伴，日日望歸船。

傷庭前牡丹四首

其　一

别樣風光散綺羅，豪家亭榭占春多。天公直似相欺得，不爲茅齋剩一窠。

其　二

兩行枯卉列東西，緑上苔痕路不迷。夜月魂歸吾望汝，半年猶護種花泥。

其　三

自知未到忘情處，幾度徘徊惜好枝。不獨我憐人亦爾，空欄客過立移時。

其　四

依稀一夢閱繁華，草没庭荒野老家。省却暮年多少事，灰心從此不栽花。

觀刈早稻有感

襏襫相逢半壓肩，刈禾争趁老晴天。蒹葭對岸遮鄰屋，蚱蜢如風過別田。地瘠不知豐歲樂，民勞尤望長官賢。誰知疾苦無人問，秋税新增户口錢。吾邑户籍十萬，每丁歲輸力役之征。今年忽從田賦加派，數百年舊制壞矣。

偕介菴叔訪菊步入鄰僧融然房〔一〕

偶聽村家打稻聲，夕陽影裏向西行。一叢深樹擁精舍，兩板壞橋支斷浜。静對老僧通菊氣，怕逢俗客問花名。只將我算東籬伴，不要溪頭費送迎。

〔一〕按，題《原稿》原作「去余居西二里許有佛宇一區向未知也今日野步忽至其處老僧融然種菊數十本憩息其旁頗領幽致以詩贈之」，後改今題。

家釀新成獨酌至醉

種秫始微收，釀法遵舊譜。逡巡竢其熟，計日屈指數。朝來香滿城，甘滑如潑乳。開嘗親洗盞，一飲一升許。好客期不來，頹然自稱主。黄農忽已遠，薄俗難久處。寧知醉鄉中，風氣仍太古。尊前可徑造，有路胡勿取。

秋感六首

其　一

蟋蟀鳴近牀，蜩蟬闃無聲。二蟲相代禪，中已寒暑更。大哉造化理，乃以微物呈。人從此中老，擾擾何多營。天機昧羣動，静者觀我生。

其　二

末俗愛盆山，花草妃紅白。看看耳目玩，屈辱到松柏。可憐千丈材，窘束不盈尺。寓形難自主，抱性終莫易。亦復耐歲寒，蒼然傍几席。對之還失笑，未覺生意窄。向非冰雪姿，雨露有夭折。

其　三

菊蕊日以黄，楓葉日以紅。物情判老穉，變態隨霜風。霜風故無私，榮悴兩不同。一般賞顏色，曚叟隨盲童〔一〕。

〔一〕「隨盲」，《原稿》作「真兒」。

其　四

西鄰一老樹，有藤縈繞之。歲久腹漸空，槎枒但枯枝。借藤以爲葉，下蔭仍紛披。藤如有矜色，張王去聲。方乘時。爨薪伐不材，斤斧旦夕施。樹摧藤亦斷，附麗終奚爲。

其　五

世衰分誼薄，適用取目前。紈扇遇秋風，一度一棄捐。不念昔當暑，與人久周旋。我有敝羊裘，隨身二十年。皮存毛半附，無補冬號寒。明年與汝期，五月拂釣竿。

其　六

渡淮橘成枳，一變性終失。不聞返故土，枳又化爲橘。人生百年中，孰是保初質。就衰水赴壑，駐景戈挽日。幾見白頭翁，鬢霜復如漆。

送學菴弟入都

黄葉打茅簷，北風如矢棘。此時來叩户，問子有底急。爲言將别家，結束赴京國。可無酒一杯，爲子煖行色。匆匆乃徑去，有語惜不得。子誠吾家駒，頭角早岐嶷。賦質負高明，秉心就沈默。讀書十行下，洞照窮梱閾。經史及百家，貫穿歸組織。時文雖小試，落筆輒英特。皇天不憐才，盛壯遭屈抑。十年躓場屋，知者爲太息。昨遇曲阜公，青雲加賞識。拔之冠多士，庶用示矜式。虚名萬口傳，子故深自匿。窮鄉尠生趣，巷遇歌傴仄。堂上有老親，鬢絲白變黑。鑿坏豈得已，彼屺傷遠陟。幸托賢主人，時與陳實齋黄門同行。解推濟其嗇。男兒志未遂，放轍無南北。不聞横海鱣，蟠尾肯溝洫。余方踏歸路，投老尚迷惑。子真賢友生，東坡詩：「豈徒爲我弟，要是賢友生。」朝夕宜在側。奈何不能留，又復奪有力。江河歲月晚，追逐乏羽翼。道逢南來鴻，寄書慰相憶。

送陳實齋給諫服闋還朝兼呈大司農澤州陳公時吾邑賦役不均頗望當事者留意也

三年簪筆作名臣，四紀還家爲老親。實齋前以終養乞歸。仕路卷舒雖在我，田間屬望更何人。朝無遺闕書應少，邑有更張見頗真。爲語司徒仍舊制，也教游惰識公旬。

介菴叔惠菊花

宗老移花到，家童掃地迎。澆深經夏旱，開晚及秋晴。酒復何人送，詩從即事成。濁醪留一醉，珍重見君情。

次兒武原歸舟又得菊數種

道遠宜兼土，船輕不費擔。好花來一一，荒徑闢三三。萬事同兒戲，餘香借客談。瓦盆非俗物，多取未爲貪。

有攜折足几來售者以百錢買之

折足用不適，傾囊計亦疎。聊將安破硯，或可配殘書。棄置終憐汝，枝梧頗累余。難憑非一几，舊友比何如。宋人詩「舊友誰如几可憑」。

園中西府海棠秋盡忽發花

萬木正摇落，一枝春忽回。縱饒花意好，不稱此時開。草本名相托，霜風艷恐摧。天寒憐袖薄，爲爾一低徊。

客　來

與世了無競，并教棋局閒。客來無一事，籬下看南山。

再偕介菴叔過村西僧舍看菊

憶昨披榛入，經旬踏葉來。秋花偏耐久，名種或遲開。天意晴連月，自重九後不雨。人生夢幾回。屢遊貪佛日，原不爲啣杯。

冬曉語溪舟中

江鄉已牢落，冬候更蕭條。風葉鳴孤樹，霜溪影一橋。沿塘收蟹籪，遠市插魚標。雀鼠何多耗，年荒爾獨驕。

陳傅巖給諫以種園圖索題二首

其一

身在元龍百尺樓，菴居那便署休休。慣聽絲竹知魚樂，別築陂塘領鶴遊。《僮約》屢申松菊徑，水租新報芰荷洲。黄橙緑橘皆垂實，歲計如農亦有秋。

其二

鴨舍鵝欄閶門内橋名，見《吴郡志》。地接聯，鄰翁指點舊平泉。園爲申文定公别業。橋通别業仍三徑，樹到成陰已百年。碁局且從閒處布，畫圖留與後來傳。看君用意真幽絶，要使詩家賦輞川。

虞山張文貽乞節母于太君七十壽詩

妻無夫，兒無父，襁褓伶仃半生苦。兒無父，母有兒，白頭綽楔光門楣。人言張子孝，我謂子孝由母慈。人言張母賢，我謂母賢非子世不知。不見吾家節母苦節與張比，旌典不加坐無子，今年生亦七十矣。家叔母葛太君十九稱未亡人，去年六十九，苦節而殁。

歲寒雜感十首〔一〕

其　一

斗室寬然著老夫，欠伸纔罷又跏趺。書能引睡聊遮眼，吟不求工似惜鬚。古佛可燒同榾柮，濁醪得煖勝醍醐。自從悟徹安心法，儒墨同歸識一塗。

其　二

萬里從戎記黑頭，不成一事老林丘。稍收芋栗宜充腹，不犯冰霜可廢裘。橘柚洲前非楚澤，鸛鵒沙外是凉州。最憐跋扈飛揚氣，歲晚因人尚遠游。聞德尹於十一月赴蘭州幕府。

〔一〕「歲寒」，《原稿》作「寒窗」。

其　三

文章鐘鼓付盲聾，都入閒吟静嘯中〔一〕。敗竹行疎猶響雪，枯桑葉盡自鳴風。物情豹隱龍蛇蟄，歲事星回日月窮。不信鄒生居黍谷，能吹煖律挽天工。

〔一〕「入」，《原稿》作「付」。

其　四

小閣簾開取向東，寒天强半是西風。瓷缾減水朝防凍，布被加緜夜代烘。袖手輸贏迷黑白，轉頭兒女换青紅。自知於世全無用，新署頭銜號長翁。宋陳造云：「物之無用者爲長，故自號江湖長翁。」

其　五

力田制策已殊科，忽枉瑶箋到薜蘿。得路君言猶若此，窮愁我况更如何。同年顧書宣見寄詩有「病中趨死易，貧裏養生難」之句。行藏委運談何易，人鬼論交意太苛。虞山錢玉友寄詩有「窮通判人鬼，隔絶如陰陽」之句。傳語兩家多憤激，向來結習費消磨。

其　六

鑿開渾沌本無情，萬竅從教怒不平。巧竿誰能推雪片，頑空何自起風聲。陰陽槖籥機相引，水火丹爐勢必争。真宰茫茫竟誰是，難憑《齊物》詰莊生。

其七

偷存子敬舊寒氈，與汝相依已有年。向老情懷偏戀舊，過時顔色敢争妍。嬾魚冰底頭頭伏，凍雀枝間箇箇拳。便學蟄蟲吾亦得，屈伸何事乃關天。

其八

無聊且作杜門人，肯逐鄉風鬥比鄰。俗儉稱家刪饋歲，年衰無伴看迎春。生涯豈可謀妻子，鄙事何煩瀆鬼神。但使黄金同土價，齊奴巴婦一時貧。

其九

誰將正變溯源流，今古何殊貉一丘。稊米太倉雖見録，遺珠滄海詎勝收。斑窺半豹難爲管，腋萃千狐始是裘。好與風騷搜累代〔一〕，他時文選續名樓。竹垞先生書來相約，同選宋、元、明詩。

〔一〕「累」，《原稿》作「兩」。

其十

剥啄聲中歲偪除，督催詩債甚追呼。不狥俗好頭今白，自去名心膽更粗。耐冷且來尋筆研，消閒差覺勝摴蒱。此中甘苦何人識，豈獨雕蟲悔壯夫。

聞李辰山藏書多歸竹垞

嘆息詩人失李頎，柘湖回首舊遊非。自憐老友今無幾，且喜藏書得所歸。萬卷又增三篋富，千金直化兩蚨飛。平生謬託知交在，悔不從渠借一瓻。

近遊集起戊寅正月，至三月。

東廣微志狹九州，爰作《近遊》之賦，跡不越井里田園，事不離衣裳男女，近則近矣，於遊之義奚取乎？余自己未至今，南北往還，約計七萬里，將收遊蹤，自遠而近，兹集所以志也。

戊寅元日

屋頭初日靄春暉，梅蕊看成豆粒肥。扣齒焚香吾起早，敲門投刺客來稀。舊梳白髮新逾短，貧煉初心老肯違。苦覺鶴山聞道晚，方知四十八年非。魏了翁詩「四十八年成一非」。

盛宜山新築瓣香菴於南湖之上雪中過之索詩賦贈二首

其　一

三十年前舊酒徒，天教晚節占南湖。不辭太守分清俸，便有游人指畫圖。水鳥雲帆争出没，風簾雨檻對虚無。繞籬尚少成陰樹，先種芭蕉一兩株。

其　二

半間小閣一枝藤，餘事行看次第增。野色憑闌牕面面，遠烟浮樹塔層層。不知雪裏參禪坐，何似花時挾妓登。畢竟前言吾是戲，近來詩派併傳僧。

雨中同朱十表兄過宿徐淮江聽鶯齋

去城日已夕，曲折尋枉渚。水涸舟屢膠，用篙迺舍櫓。兩人苦兀坐，拄杖入村塢。稍稍深竹間，疎燈翳復吐。此來占不速，况復往遇雨。犬吠僮僕嗔，開門揖賢主。爇薪燎我衣，敲冰轢汝釜。明朝迫人日，節物良有取。剪韭佐春盤，嘉肴竟踰五。新年困酒食，愛逐清談侶。一醉不得辭，重君風義古。

穀日至當湖沈南疑招同孫嘯夫過陸瞻成耕廬探梅分韵得豐字

殘冰消盡水光中，短棹移灣港汊通。小圃花經人日雨，先一夕微雨。故人酒敵石尤風。溪山興發長先到，肴核年荒勿太豐。醉墨攲斜吾自笑，草書未暇爲匆匆。是夕瞻成索書楹帖，凡三易紙乃成，故云。

大風渡前山漾

川光蕩我前，一碧開玻璃。岸闊山斷續，船輕浪參差。但聞捍索鳴，心與閒雲馳。萬木盡却走，孤帆正窮追。道場屹不動，白塔如卓錐。平生汗漫遊，老嬾意漸隳。結念在苕霅，泛宅方自兹。

重至湖州戲簡許舜功張桐軒兩學博

偶然乘興到西吴，社日還尋舊飲徒。不用恢諧歸割肉，上丁纔過定膰吾。

座主清溪徐公招同楊玉符編修談未菴文選泛舟碧浪湖

蒲柳城南水一方，三年重此泊吴航。閒陪白社青門客，愛入銀鷗雪鷺鄉。帳下諸生看漸老，甕頭吏部最能狂。烏巾美酒東風汎，并作澄湖匹練光。

雨中游飛英寺次東坡稀字韵

春陰覆城堞，花淺游人稀。愛此北郭幽，晨征夕忘歸。盤旋上窣堵，恣眼窮清暉。東風拂面寒，細雨濕我衣。客來僧啓鑰，客去僧掩扉。跡在有迎送，心空無是非。

春分前一日余征吉學博招集杏花下

落盡苔枝春欲分，杏花庭院又斜曛。得錢沽酒即相覓，誰似能詩鄭廣文。

登道場山次東坡先生舊韵

船迴浦溆淺，徑轉村隖小。不覺坡陀高，騰身萬松杪。菰城陷井底，白塔嶁雲表。浮氣盪一州，湖波白渺渺。天長接遥翠，目極青未了。漸上伏虎關，羣峰忽環繞。清颸蓄户牖，古殿深且窈。脈絡引檻泉，渟泓滙池沼。長廊百餘步，旁入逾幽悄。蒼鼠竄別枝，投空攫啼鳥。巋然翠微閣，中敞外見少。野火不到山，薈蔚復誰燎。坐令杉桂材，蒙茸委蓬蓼。飛蟲晝轟聚，高蔓晴夭矯。老僧守空庖，恐作山中殍。軍持乞米出，厭寂喜膠擾。我來久回首隔昏曉。

徘徊，愛此吟風篠。春深花淡淡，日暮雲嫋嫋。餘暉帶疎鐘，詩境墮空杳。古今一大夢，

二月十六夜自長水塘乘月放舟二鼓抵嘉興城下

兩岸朧朧桃李花，一天風露屬漁家。小船卧聽櫂歌去，行到鴛湖月未斜。

同竹垞表兄飲譚蘐城給諫南樓看海棠

我愛城南給事宅，海棠兩樹紅交加。墻頭過酒便留客，樓上點燈兼照花。濯枝偏宜的皪雨，倦眼似隔朦朧紗。徑須時赴二老約，爛醉不問東西家。

寒食鍾復周秀才家看海棠和鍾飛濤

一樹萬花稠，花光盡入樓。偶逢寒食賞，偏憶少年游。照座驚紅艷，傷春到白頭。苦憐風雨惡，燒燭爲君留。

清明日南湖泛舟

積雨初霽交清明，桃花杏花飄滿城。城南水色緑於酒，鵝鴨一灘春草生。

曾道扶學憲惠蜀中藥材

吾比多幽憂〔一〕，早衰坐善病。豈無三年艾，真贋苦難證。炮炙投成方，庸醫執其柄。邇來讀《本草》，稍稍諳藥性。蜀山美産多，州邑若畫境。靈苗倘易地，厥品變邪正。時俗但狥名，采真復誰更。先生校蜀士，甲乙手親評。開籠貯參苓，拔茅羣有慶。餘材搜草木，良楛別明鏡。萬里宦游裝，錐刀肯相競。大江五六月，風壯波濤盛。百束壓歸艖，蛟龍不敢橫。分張荷見及，行篋忽輝映。從來苦口利，義比良友諍。若待倉猝求，誰爲緩急應。於公感深意，臭味殊可敬。

〔一〕「比」，《原稿》作「壯」。

上巳雨中同竹垞及兒建再赴淮江招

三月三日東風寒，徐尚書家春未殘。半篙新水渌忍唾，兩樹碧桃紅耐看。蛙黽幸未聒人耳，蛤蜊大可充君盤。一番相過一冒雨，笑口欲開爾許難。

題沈南疑林屋山居圖卷子二首

其一

莫釐峰下是查灣，及記扁舟壓雪還。一事至今留缺陷，不曾西到石公山。

其二

浮家泛宅事良難，綰綬行將赴一官。縱使買山争得住，故應寫作畫圖看。

自入春來往返嘉興湖州兩郡凡六十餘日穀雨後還家花事盡矣

累月扁舟碧水潯，歸來三徑已春深。樓頭一帶槎牙樹，多爲黄鸝换緑陰。

題又微姪載花圖小影

落魄江湖不計年，風流别是一生緣。桃根桃葉無顔色，迴避儂家載酒船。

再題種菜圖二首

其　一

還君一首《遂初賦》，和我三章學圃詩。彈鋏思魚原失策，封侯食肉更何時？

其　二

黄虀百甕亦前因，腰腹如渠那稱貧。也與萬羊同一飽，算來原自可驕人。

題族孫恒弘看舞圖

可是相逢游冶場，由來壯士愛紅粧。試他舞袖長多少，虹暈輕巾是電光。

敬業堂詩集卷二十四

賓雲集戊寅四月。

春來既以《近游》名集，是夏，復偕竹垞先生作閩南之行，淵明所謂「饑來驅我」也。往反五閱月，共得詩若干首，唱酬者居其半，釐爲三集。曰《賓雲》者，紀遊武彝也；曰《炎天冰雪》者，取諸噉荔也；而以《垂橐》終焉。中間聯句數章，竹垞已刻入《曝書亭集》，兹不復删，義取各見，存題目也。

初發江干

江路羊腸迴，江風羊角合。丘長春《西遊記》「風初起如羊角者千百，須臾合爲一風」，可證《莊子》「羊角而上」語。漸近漁浦潭，忽失六和塔。

自漁浦挂席至富陽聯句

艑郎唱櫓雨初消，悔餘。突起東風送客船。百里晴山低似屋，竹垞。一江新水健於潮。舟人謂江暴漲時，海潮不得上。得攜老伴無拘束，悔。縱是貧游未寂寥。況有月波春甕在，竹。隔船不乏酒人招。悔。

又聯句一首

江山小船急浪衝，竹。疾若鷙鳥凌霜冬。悔。灣澴忽轉赤亭岸，竹。俄頃不見南高峯。悔。鯖魚出網白尾尾，竹。烏桕夾路青茸茸。悔。井西道人畫不得，竹。暖翠浮嵐如此濃。悔。

和竹垞雨泊桐廬限腹字

灘聲遠初喧，山色晚逾緑。窅窅城上鐘，濛濛雨中屋。平生湖海夢，又近嚴陵宿。濯足有烟波，胡爲加帝腹。

和竹坨七里瀨限脚韵

老黿没水風旋作，合江亭西石勢惡，兩蛇對走赴一壑。雲端百丈挽山腰，井底孤篷轉山脚。

瀧中吟俗作「龍」，亦作「籠」。葉夢得《避暑録》辨其譌，云當作「瀧」，閭江反。今從之。

瀧中亂峰高插天，瀧中急水折復旋，瀧中竹樹青如烟。白龍倒垂尾蜿蜒，洩雲歕霧爲飛泉。晴光一綫忽射穿，雨點白晝打客船。船行無風七十里，一日看山柁樓底。有風七里，無風七十里。瀧中口號。

晚次汝步乘月抵蘭谿城下

飛盡漁灣白鷺鷥，罛師逆浪上灘遲。蘭溪城外數錢女，月出未收青酒旗。

雨發東峰亭

昨日不料風，今朝不料雨。生涯昧所向，智不如商賈。聊爲山水遊，旅興時一鼓。東峰吾舊識，嘉樹紛可數。中流乍回頭，悵若辭地主。三衢渺何處，去去信柔櫓。自此西行，余遊蹤向所未歷。

水碓聯句四十韻

百灘趁漸江，昏旦鳴不息。竹。大波恣奔放，小波迴汩㴔。悔。居人擅水利，審曲引使直。竹。其長走蛟蛇，其廣納溝洫。悔。遏防激之怒，徑隘流轉亟。竹。夫豈水性然，適來遭勢偪。悔。于焉扼其吭，壘石添檃栻。竹。椽茅架小屋，度地隨偃仄。悔。斵木爲巨輪，當衝立樞極。竹。旁安三十輻，輻輻輳斤墨。悔。軀蹻交兩兆，鱉甲支九肋。竹。括張等虞機，璇運就圜則。悔。江心鏡欲躍，海底月半蝕。竹。滅頂泗人騰，升陑壯士踣。悔。尻高首或下，後湧前忽匿。竹。團團牛旋磨，匝匝鴉翻翼。悔。橐軸貫中央，有如蓍在扐。竹。循環觸牙動，揚者必先抑。悔。石臼質本頑，甘爲杵所賊。竹。昂然馬騰槽，俛若鶴啄食。悔。砯砰應關棙，次第符漏刻。竹。擣紙十萬牋，取禾三百億。悔。穅秕除未盡，藤竹需孔棘。竹。一爲機事牽，焉得休汝力。悔。先王昔制器，取象配卦德。竹。舟楫涉大川，耒耜徂畛域。悔。養生務佃漁，分壤別動植。竹。鄰歌答舂相，作苦爰稼穡。悔。俾習四體勤，羣黎無懈忒。竹。後世技巧繁，淫奇難忖測。悔。桔槔轆轤作，便利成典式。竹。紛紛鑿渾沌，一一騁胸臆。悔。能令蠢者靈，通者忽以塞。竹。即此水碓論，用意略可識。悔。居然役造化，安坐無作色。竹。乃知天生民，若苗之有螣。悔。夜來山雨驟，�漲漫澤國。竹。沙崩岸漂沈，有械施不得。悔。物成久則毀，兹理復何惑。竹。逸豫安可貪，民勞宜率職。悔。

和竹翁衢州城下作

開府專征地，孤城盜賊邊。身常當矢石，險豈恃山川。劉濞何知反，睢陽竟得全。白頭遺老在，對客話當年。甲寅、乙卯之亂，武定李文襄公鎮此，浙東西數郡獲全。

篁　步去衢州二十里，地産柑橘。

百折金川水，東流下石門。碓床聲不斷，炭塢氣長昏。小屋椶櫚岸，疎籬橘柚村。荔支方入貢，剩爾未移根。

常山山行

常山小城如破驛，細路多嵌彈丸石。一乘竹轎役兩夫，雜遝前行隨估客。憐渠雇直止百錢，爲我赤脚頳兩肩。我今亦復被物役，何暇悲人還自憐。

和竹垞沙谿鋪

山田早插緑秧齊，小犢新生未架犂。閒背村童浮水去，牛欄只在岸東西。

龔家渡夏文愍公墓道作

東市朝衣血，西江野哭魂。已無鄉社祭，猶有墓門存。亂水荒阡斷，悲風宰木昏。鈐山籍官後，得謚即君恩。

自焦石塘抵鉛山河口兩岸石山獰劣上無寸土草木不生作詩嘲之並邀竹垞先生同賦以傳好事者

《爾雅》釋山名，類族紛可數。土山或戴石，石山或戴土。草木别有無，無者名曰岵。挾筴事出游，舊聞證新覯。一山一巨石，突兀向江滸。若被烈火焚，秃髗了無取。于獸㷲其毛，于鳥翦其羽。于人爲寡髮，渾沌出太古。無心腹腎腸，無耳目肱股。大疣𧄸盎懸，醜疾籧篨俯。陳根何處托，氿泉不得吐。正坐山無情，遂令旁少輔。樵人弛負擔，匠氏輟斤釜。塊然天地間，於世爾奚補。

從河口陸行至鉛山縣三十里間山水清佳老樟古桂不記其數皆千年以外樹也所至輒流連其下自悔舟中誚頑石之作復賦此詩邀竹垞再和

溪迴峰巒奇，雲日互虧蔽。兩邊盡古木，曲徑入蒼翠。行人雜負戴，偃憩隨所至。如開步障陰，下可萬間庇。想當生材初，造物本無意。榮枯非分定，蒙養在托地。我昨嘲頑山，無端坐好事。目前不見睫，幾欲一槩視。向來身未經，鹵莽悔輕議。譬諸覘他邦，不仁在高位。輒云彼無人，賢者豈終棄。作詩還自哂，一解前言戲。

鉛山城中有古樟三每歲四月白鷺來巢其間伏雛乃去亦一異也

怪底空城老樹梢，鷺鷥引隊似蘆茭。魚蝦飽噉無人問，生子看看占鵲巢。

和竹垞雨晴

入門雨脚垂，出門雲氣遯。皇天本無私，邂逅適我願。

紫溪道中二首

其一

去城漸遠漸青葱，畫裏谿橋曲折通。無有一村無好樹，歇凉人在小亭中。

其二

壘土層層勢就低，石田如罫岸如梯。清泉盡是秧針水，直到山根始作谿。

度紫谿嶺

渡橋正亭午，白日無匿景。微茫紫翠間，峭崒西南頂。躋攀力已殫，仰視猶半嶺。迴風轉轆轤，汲我出深井。茅菴冠木末，快若衣振領。緑樹忽交陰，蒼然失人影。坐來殊氣候，濁暑驚清泠。匆匆行役心，佳處惜俄頃。

觀造竹紙聯句五十韻

信州入建州，篁竹冗於篠。竹。居人取作紙，用穉不用老。悔。遑恤簫笛材，緣坡一例倒。竹。束縛沈清淵，殺青特存縞。悔。五行遞相賊，伐性力揉矯。竹。出諸鼎鑊中，復受杵臼擣。悔。不辭身糜爛，素質終自保。竹。汲井加汰淘，盈箱費旋攪。悔。層層細簾揭，燄燄活火熇。竹。舍粗乃得精，去濕忽就燥。悔。擘來風舒舒，暴以日杲杲。竹。箬籠走南北，適用各言好。悔。緬維邃古初，書契始倉皞。竹。自從史記煩，方策布豐鎬。悔。中經祖龍燔，孰敢撲原燎。竹。漆簡及韋編，殘灰跡同掃。悔。當時禍得脱，賴爾生不早。竹。漢代崇師儒，家各一經抱。悔。截緝蒲柳姿，刀削詎云巧。竹。如何刱物智，乃出寺人造。悔。麻頭魚網布，棄物收豈少。竹。後來逾争奇，新製越意表。悔。山苗割藤芨，水溢采苔藻。竹。桑根斧以斯，蠶繭機不絞。悔。澄心光緻緻，鏡面波皛皛。竹。研宜金粉膏，繪作龍鸞爪。悔。桃花注輕紅，松花染深縹。竹。鴉青蜜香色，一一隨浣澡。悔。十樣益部箋，萬番傳癖稾。竹。紛然輸館閣，遝矣來海島。悔。要爲日用需，若黍稷粱稻。竹。惜哉俗暴殄，塗抹太草草。悔。俗詩黿蟈鳴，俗書蛇蚓繞。竹。俗學調必俳，俗文説多勦。悔。流傳人有集，刷印方未了。竹。積穢堆土苴，餘殃毒梨棗。悔。或污蝸角涎，或供蠹魚飽。竹。或爲肉馬踏，或被饑鼠齩。悔。糊窗信兒童，覆瓿付翁媪。竹。遭逢幸不幸，所繫豈纖杪。悔。平生嗜奇古，卷帙事研討。竹。秘笈藉爾抄，籯金匪吾寶。悔。響榻溯籀斯，斷碑拓洪趙。竹。提攜白刺史，著録庶可考。悔。由拳法失傳，將樂槽苦小。竹。楚産肌理疎，晉産膚澤槁。悔。物情相倍蓰，美惡心洞曉。竹。非無雲霞膩，愛此霜雪皎。悔。小疊熨帖平，捆載赴逵道。竹。預恐壓歸裝，又滋征榷擾。悔。

烏石村

修竹連山萬萬栽，斬新换葉碧如苔。特留老節非無用，歲歲生孫作紙材。村家造紙，多取新竹，故云。

分水關

萬斛松風捲戍樓，泉源同在此山頭。忽教一垛巖墻劃，不許東西更合流。

崇安孔彝仲明府招飲縣齋池上分賦二首

其一

南遊吾偶到，北海席頻虚。未敢輕修刺，何當先下車。客來童掃徑，衙罷吏抄書。欲識閒官味，君看清獻渠。

其二

樹陰齋舫合，荷氣板橋灣。水檻晴初倚，溪門夜不關。座中無俗客，管内有名山。未到聞君説，如遊九曲還。彝仲于座上極稱武夷之勝。

和竹垞幔亭

幔設曾孫宴，歌傳鼓笛聲。神仙如可學，大抵屬多情。

冲祐宫

一溪隨櫂轉，天半削兩峰。萬年宫在兩峰趾，古殿入門三五重。長廊白日氣幽邃，蔭以楓桂樟柟松。不知中有路，但見列岫四面排高墉。不知下有谿，但聞噌吰鞳鞈相應如鼓鐘。神仙高居道士俗，三月四月忙於農。苦言茶味薄，不足充上供。客來正炎熱，亟思澆此枯渴胸。頭綱封裹度嶺去，上品一呷需無從。明朝試扣白雲洞，洞口老僧逢不逢。武夷茶出僧製者，其價倍於道院。

宿虞道士山房

晚凉新浴罷，古觀有餘清。一院松篁氣，滿窗風雨聲。擣虀因藥臼，暖酒就茶鐺。預飭齋厨飯，山遊望曉晴。

和竹垞仙蜕巖

生前不煉紫金丹，身後何須白玉棺。已向虚巖委枯骨，癡兒尚掃漢家壇。

虹橋板歌板爲崇安潘秀才在東所贈。

潘生贈我虹橋板，云此購得從仙山。幔亭宴罷橋忽斷，此木庋在萬仞之孱顔。蒼鷹健鶻對對巢不得，但見成羣接臂叫跳猿猴猵。黄冠白足力難致，間出贋者相欺謾。有時晦冥晝風雨，神物欲降天爲慳。前者偶經此巖下，巖前白浪吞船豥。忽驚片板半空落，有若胎禽墮毴飛輕翾。主人大笑童僕喜，謂獲至寳非空還。已令巧匠刻爲佩，何異袖鞭使物驅妖姦。知君好奇特分贈，徑尺未許酬千鍰。我時聞斯語，未敢相譏訕。今晨入武夷，好事搜險艱。生爲指其處，乃在一曲二曲三曲灣。初疑棧道上，露出船尾彎。復如鳥鼠穴，竹箭亂插同榛菅。神輸鬼運義奚取，徑路斷絶誰躋攀。忽憶少年日，南走五溪窮百蠻。蠻人寄命巖洞裏，多構柴棚臨峥潺。今之所見正此類，亦如秦客避亂來其間。不然飆輪雲馭本飛渡，豈有刳木留塵寰。摩挲重是千歲物，肌理駁蝕生香斑。攜歸壓書儘有用，何必新奇瓌詭驚愚頑。

和竹垞小九曲石壁是唐許碏題詩處故名題詩巖附録碏詩：

「閬苑花前是醉鄉，踏翻王母紫霞觴。羣仙拍手嫌輕薄，謫向人間作酒狂。」

石上三生事渺茫，題詩重過苾蒭房。此中大好安茶竈，何苦人間作酒狂。

和竹垞御茶園歌

宋茶貴建産，上者北苑次壑源。研膏京挺南唐貢茶名。製一變，争新鬬異凡幾番。白龍之團青鳳髓，輦載入洛重馬奔。武夷粟粒芽，其初植未繁。何人著録始經進，前有丁謂後熊蕃。君謨士人亦爲此，餘子碌碌安足論。宣和以來雖遞驛，場未官設民不煩。元人專利及瑣細，高興父子希寵恩。大德三年歲己亥，突於此地開茶園。中連房廊三十舍，繚垣南北拓兩門。先春次春徧采摘，一火二火長温磨。緘題歲額五千餅，鷄狗竄盡山邊村。攜來詐馬筵，和入潼酪供鯨吞。豈知靈苗有真味，石銚合煮青松根。爾來歷年已四百，御園久廢名猶存。筠籃四月走商販，茶户幾姓傳兒孫。我思蠙魚橘柚任土貢，微物亦可充天閽。朝廷玉食自不乏，何用置局灾黎元。追思興也實禍首，幸保要領歸九原。山靈曷不請於帝，按《女青律》笞其魂。傳語後來者：毋以口腹媚至尊。

仙掌峰瀑布

接笋仙掌峰，入望初聯綿。兩崖谺然豁，一瀑垂蜿蜒。不從仙翁指間出，却穿左脅下赴六曲爲奔川。行人衣沾芒屩滑，拄杖直上孤雲巔。崎嶇丘前石徑轉，胡麻小澗當橋邊。尋源初自稻田發，三里五里斷復連。淺處生菖蒲，深處得種菱與蓮。千年老蟾蜍，爬沙亦頑仙。仰天噏其舌，噴水一竅清而圓。始知山前雷轟礮激千丈瀑布水，即是山背涓涓泉。匏樽便向道人借，我嬾欲住清涼天。

天遊觀萬峰亭

占地既已高，尤難在扼要。前臨殊陡絶，旁睨轉孤峭。羣雄奉一尊，奔赴不待召。來時記目擊，歷歷本形肖。羊羣呼可起，仙羊石。馬首回若掉。馬頭巖。象鼻垂彎環，象鼻巖。獅頭仰軒趒。獅子巖。鼓鐘應考戛，鼓子峰、鐘模石。龍虎答吟嘯。卧龍潭、虎嘯巖。兜鍪勇士冠，兜鍪峰。粧鏡神女照。粧鏡臺、玉女峰。石笋瘦而長，接笋峰。蓮花娟且妙。蓮花峰。到亭悉殊狀，變幻非意料。初高後反匿，曩隱今忽跳。投空翻白鴉，削背掠蒼鷂。烟生松外村，竹亞崦中廟。清溪截羅帶，已斷復縈繞。澄泓鷗鷺池，中有一翁釣。流觀飽創獲，俯仰恣吟剽。翻嗟神靈區，僻左落遠徼。奇峰三十六，名可配嵩少。奈何杜韓輩，足未涉閩嶠。山靈秘莫宣，自古閉窔窔。我來及新晴，朗日相照耀。終疑雲霧窟，滃渤尚埋竅。幸賴此孤亭，于焉蹋𦨴𥇖。重遊果何時，臨去屢回眺。

坐竹簰入九曲聯句

連峰六六收蒼靄，悔。雨餘滑澾碎石街。竹。挐我栗杖椶毛鞵，悔。蘭湯渡口上竹簰。竹。
篙工初指一曲涯，悔。姓名幾輩争磨崕。竹。娉婷玉女峰最佳，悔。野花簇髻松搖釵。竹。
當年武夷集神媧，悔。歌絃鼓板金管齰。竹。高張雅奏無淫哇，悔。子禽小蛾定爾儕。竹。
羣仙一散後會乖，悔。黃心老木委蛻薶。竹。爾獨對鏡留形骸，悔。千尋鐵障鎔頑鍇。竹。
大藏小藏肩背挨，悔。山魈獨脚帝所差。竹。洞門石扇呀然闓，悔。鑿舟力負何劢勱。竹。
其中瑰木類積稭，悔。又類羽鏃抽韝韰。竹。水光汃汃聲湝湝，悔。冥冥微徑不可階。竹。
欲往金井迷鬼艾，悔。深潭龍卧波㳂瀤。竹。誰歟釣者貪鰤鮭，悔。茶園新芽出舊荄。竹。
僧籃道笈采摘皆，悔。可惜不逢紅粉娃。竹。題詩古巖平不欹，悔。精廬小於負殼蝸。悔。
豈若大隱屏之厓，竹。祠宇百世人模楷。竹。大書照耀銀泥牌，悔。學達性天聖德諧。竹。
屹然天柱高崴㟴，悔。勢如拱揖趨庭堦。竹。須臾路迴仙掌排，悔。神皋下上車軿輂。竹。

竹窠桃磵雜樹槐，悔。龜浮獺控形騾臛。竹。白雲脊前雙眼揩，悔。俯視九曲瀠青緺。竹。新村村落尤可懷，悔。新苗活水通荆柴。竹。觳犬跳聒鷄膠喈，悔。况無蛇虎猸猱豺。竹。何時買地營茅齋，悔。畊稷漁弋與子偕。竹。

和竹垞建陽

考亭本是黄家墓，侍御橋邊宅久空。陳跡已消名姓外，好詩猶展畫圖中。後來結構原因此，佳處溪山遂屬公。欲買麻沙村畔屋，餘年拚作蠹書蟲。唐末侍御史黄子稜自洛陽寓居建陽東觀山，築亭以望其父之墓，曰「望考亭」，因以名里。朱文公之父韋齋先生愛建陽山水，未及卜居，公築考亭以承先志，正取黄侍御之意。後人專以考亭屬文公，侍御之名湮矣。「人過小橋頻指點，全家都在畫圖間」，侍御詩中句。

樟灘

小縣晨發船，建溪展平緑。前行三四里，跳沫粗如鵠。厥名曰樟灘，畜害自古酷。假令勢下趨，直瀉無迴躅。石梁伏水底，未免防坎毒。奈何三折形，故作巴字曲。湍奔方有激，石起陡被束。一芥一針投，中間不容粟。兩旁劇刀劍，獰惡伺失足。篙工善駕馭，肯與怒機觸。馴彼豶豕牙，服我童牛牿。終焉脱於險，初若順所欲。方悟不攖心，可以遠蹶促。

側聞前灘多，怪石難悉録。吾生不有命，恐懼隨羸僕。

雨中下黯淡灘

未到先愁出險難，忽驚片葉落奔湍。星流電轉目未瞬，一道白光飛過灘。

延平晚泊

小雨冥濛劒浦西，浮槎壓水女垣低。人家多傍翠巖住，榕葉滿城山鷓啼。

水　口

雨餘忽飄雨數點，山外更添山幾層。六百里灘多過盡，也如出峽到夷陵。

小箬驛榕樹

古驛千年樹，蟠根積水涯。細筋堅作骨，新葉嫩如花。緑處陰三畝，枯邊畫一椏。散材真自幸，剪伐幾曾加。

竹崎關

佛桑花根犬吠，龍眼枝頭鳥鳴。漸覺山平水遠，郵籤報近榕城。

贈汪悔齋方伯

國家有異數，畸人出當之。巍巍宏博科，鵷鳳集一池。公來承主眷，初亦由文詞。繼乃悉公才，拔萃超常資。我朝拓遐陬，南不盡島夷。勿輕發介使，大體存羈縻。曠典偶一修，擇賢誠足毗。公時膺特簡，啣命東南馳。粘天駕波濤，帖首馴蛟螭。平生抱忠信，涉足無嶮巇。肅將明明威，慎重瞻丰儀。必若誕文教，要令崇先師。鰲背屹宫墻，作記刊諸碑。餘事當潤色，問俗陳風詩。手持《王會圖》，歸獻白玉墀。至尊動顔色，前席爲頻移。迄今《奉使録》，燦若星日垂。自兹益嚮用，歷試無不宜。試公以吏治，出領嵩洛伊。政成多異蹟，獨創非前規。試公以擊斷，明决仁且慈。八閩百萬户，立起殘瘡痍。試公以大藩，旬宣來保釐。民勞既已塈，國計終無虧。凡此十年中，官塗自逶迤。旁無汲引力，皆受特達知。煌煌名書屏，屢被褒美辭。行省尚見屈，看人换旌麾。賤子田間來，於公少恩私。側聞道路口，籍籍皆如斯。當今梁棟材，大器非公誰。公昔守洛陽，舍弟久追隨。猥蒙齒頰及，佳句時或披。堦前尺寸地，投謁獨怪遲。男兒屬有願，會合寧無期。攜我作遠遊，竹垞真好奇。武夷昔未到，昨始慰所思。此來復識公，又得啖荔支。何期寂寞遊，三樂併一時。篇終述己意，公幸勿見嗤。

敬業堂詩集卷二十五

炎天冰雪集起戊寅五月，盡六月。

端陽前二日初食荔支戲寄德尹時弟在蘭州二首

其一

荔子初紅到福州，絳囊欲擘已涎流。阿頻來往如相避，笑擲閩南一度遊。弟於甲戌二月遊此，四月還家，未嘗噉荔也。阿頻，弟小名。

其二

方紅陳紫價爭高，次第行將飫老饕。直作衝炎吾得計，西遊終不羨蒲桃。魏文帝以蒲桃比荔支，世訊其繆。

西施舌一名沙蛤〔一〕。

尤物佳名托，依然住水鄉。死難逃越網，生只戀吴航。沙蛤產吴航者佳。

〔一〕按，《原稿》有「俗名西施舌」五字。

香螺

螺女江邊產，形龐味特奇。客厨貪一飽，空殼付僧吹。梅聖俞詩「佛寺吹螺空唱喙」。

蟳《閩大記》：「一名蝤蛑。」

味美尤在螯，一枚十錢買。自從擘蝤蛑，不憶分湖蟹。

鱟魚腹下有十二足，雌雄常相負，取之輒作雙。

介屬魚其名，雌雄同一束。爬沙苦無力，安用十二足。

花蛤

入水化幾時，登盤復充鱠。刳腸誰見憐，文采却在外。

黄螺

藏尾露兩角，肉黄漫多腥。時於蝸殼中，自負枵然形。

珠蚶

珠蚶細已甚，魚鱗鵝眼許。海錯幸自多，烹鮮乃及汝。

食江瑶柱

河豚豈不佳，中毒時有之。須臾聊爲性命忍，當筵輟箸甘被旁人嗤。半生夢想江瑶柱，客或誇示長朵頤。南遊無一事，直爲口腹寧非癡。土人向我言，惜來非其時。客欲嘗此味，請以冬爲期。清晨無端食指動，腥風怪雨入座紛離披。天教尤物落吾手，海市忽逐神鞭移。常鱗凡介盡辟易，獨許上品當釜錡。其形初如羊角合，倏若蝙蝠兩翅張襹褷。格高

《食經》百六十五卷，嗚薑點醬無不宜。味厚少爲貴，中間甲柱孤撐拄，瀹以百沸湯，逡巡發華滋。鮮於金盤露，潔比白玉脂。良庖俗庖兩兩割烹好，方法不用傳嚴龜。隋大業中，刻淮南王《食經》一百六十五卷，唐人嚴龜有《食法》十卷。退之引類及章舉，坡老比擬到荔支。二公評騭竟誰是，吾方飽噉不暇措一辭。

林草臣攜酒見過

草堂無定所，亂後屬他人。愛客老尤篤，論交晚自親。割鮮兼衆味，載酒過比鄰。一醉叨深眷，翻憐地主貧。

養蜂歌

逆旅主人貪養蜂，木櫃中結房千重。别開孔竅聽出入，高置簷宇虞奔衝。頗同君臣儼有禮，稍别種族如知宗。兩衙薨薨勤鼓翅，四序擾擾無停蹤。婦姑勃谿或同室，子弟盛壯旋分封。秦宫每向花底活，韓憑大抵枝頭逢。苦兼黄連充藥使，甘比稼穡成花農。乾坤大哉類斯聚，形體眇爾性則兇。天生是物本巖谷，於世無競宜相容。自求辛螫誰作俑，乃至役物爲人傭。僦居一椽在隘巷，偪側欲避愁無從。明知倉卒非大害，未免有意防針鋒。

吾將縱女任所適，解衣盤礴便疎慵。主人一笑不見許，留待割蜜當嚴冬。

汪學使棣園寄餉興化茘支

南越百株移遠植，西川一騎走炎埃。如何兩日楓亭路，也爲先生置驛來。

林竹筠封翁招飲榕菴

山根沮洳濕蒼苔，别業重新鑿石開。但使周遭留竹樹，不妨次第補亭臺。五經又課諸孫讀，次公碧山以五經擢第，故云。一榼頻攜遠客來。指點舊時門逕改，雙榕前歲拔風雷。門前榕樹二株，丙子七月爲大風所拔。

汪悔齋方伯署庭有茘支小暑後摘以見餉率成十六韻

陰合重樓外，枝垂曲檻東。珊瑚推舊譜，玳瑁占新叢。晝省初凝露，薇垣迥得風。繁星紛乍摘，白雪沃俱融。步障絲褰紫，宮衣袖卷紅。品方瑶柱美，東坡、梅溪以江瑶柱比茘支。肌愛玉環豐。只許輝銀印，白樂天《寄楊使君茘支》詩：「對君銀印色相鮮。」何期餉竹籠。從來臭味合，大抵餽貽通。不是分甘好，將毋嚼蠟同。炎官方赫赫，熱屬又蟲蟲。解駁凉無汗，醫觸渴有功。稍宜親夏簟，惟欠剥春葱。長樂全勝畫，郵亭尚憶楓。長樂所産名勝，畫者可與興化之楓亭相匹，皆名種晚熟者。近應來郡縣，遠不比瀘戎。少陵詩：「憶過瀘戎摘荔支。」旅橐終難致，頃筐倘更蒙。此遊專爲口，貪得笑何窮。

甘泉漢瓦歌爲候官林同人賦

林生老立專門學，金石遺文卷盈握。曾經從宦走長安，斷碣殘碑蘚親剥。昭陵蹟廢補亡闕，磨石山高穿硌确。冰霜裂面虎豹嘷，沙礫堆中拾完璞。摩挲銅狄自何年，萬棟灰飛片瓦全。爲按黄圖考宫殿，始知地是漢甘泉。底平面正規而圜，肖形似鏡還如錢。其高半寸徑三寸，旁具輪郭中不穿。土花蝕後文留識音志。上有長生未央字。龍拏鳳攫結撰奇，肉厚肌疎形體異。與人作硯不中用，抱質如初無變置。吁嗟乎楊南仲。劉敞。不作識者希，時俗誰能辨真僞。巧多滋僞樸者真，此瓦人間蓋無二。豈同冰井香姜閣，埏埴紛紛托疑似。勸生勿更加礱磨，本色須教存古意。生頜此語索我詩，我詩質直無誇辭。請煩拓致數十本，徧乞羊何共和之。或恐流傳落人口，陶甄又復成今手〔一〕。

〔一〕按，《原稿》有小注：「王半山《銅雀硯》詩：『陶甄往往成今手，尚托虚名動後人。』」

張民瞻舍人趙二今孝廉同日餉荔支

側生倒挂頳虬珠，後先磊落致座隅，空齋長夏失炎熱，中有仙姝冰雪膚。太真飛燕兩媚嫵，那辨徐家蔡家譜。《新譜》，蔡君謨著；《莆田譜》，徐師閔著。野人揣分已不廉，一飽今朝煩二主。此生大嚼知幾回，一日可少三百枚。從兹便結荔支社，用東坡嶺南事。日日西禪寺裏來。

六月初六日同竹垞青壇過長慶寺噉荔支二首

其一

碧蘚埋唐碣，紅雲擁寺門。客嘗初揀樹，僧引爲開園。甘露充香飯，清泉注瓦盆。分沾徧僮僕，猶自壓枝繁。

其二

蚶殼梢梢重，星毬箇箇圓。生偏當遠嶠，吾及遇豐年。寺僧云：今年荔子最熟，似爲遠客設供。邂逅三人話，衰遲一飽緣。勿嫌來較晚，禽鳥讓争先。

與陳漳浦莘學話舊

誰憐香案吏，遠謫到天南。索米洵非易，折腰良不甘。山租輸海貝，市舶賤迦楠。喜拜貧官惠，輕風白葛含。時以廣葛見贈。

數日前作詩報悔齋方伯未有無厭之請蓋在楓亭荔支也朝來果蒙分餉再成一律

四樹楓亭種，曾經入貢餘。人間應漸少，名下果無虛。絶品慚供客，兼程苦累渠。色香全未減，地主誼何如。「驛庭只四樹，樹老半枯枝」，閩人宋比玉《荔支》詩也。

龔運使榕溪招飲園亭

擲印歸家鬢未蒼，手栽梧竹闢池塘。到來但覺緑陰好，坐久始知清晝長。客子解衣思避暑，主人投轄怕逃觴。不辭户小拚沈醉，三伏世間無此凉。

飲陳集斯烏石山莊

炎天塵滿街，褦襶何太苦。野人寡酬酢，一飯必擇主。陳生静者流，邀我遊椒塢。小樓城北面，豁達寄簷宇。漸入轉幽深。忽高迷步武。清泉閟巖竇，涓滴時復吐。碧眼貯渟泓，瀉爲荷芰渚。隔籬微辨徑，叠石不帶土。瘦竹走長鞭，淡花垂細乳。木桃正垂實，木桃似木瓜而有紋，上結一臍如小桃。錯落指可數。中無一蟬嘶，上有獨鶴舞。孤亭出林表，七塔皆下俯。客來導攀躋，赤日方卓午。清凉徹山骨，快若新過雨。善病君得閒，息交吾獨取。何當把鑱柄，共治黄精圃。

六月十四夜喜雨

撲扇蚊蠅苦不支，乍凉聊與睡相宜。一窗歸夢芭蕉雨，六月驚心蟋蟀詩。遠客交遊長寂寞，殊方節物極參差。明朝紅屐城西路，已是潮田穫稻時。

題讓竹亭修禊圖卷

何必山陰亦有亭，一時盛事又丹青。舊因洗竹開三徑，新爲栽花讓半庭。詩好儘容僧入社，客來總與鶴忘形。年年上巳風光在，長指天南聚酒星。

送龔仲圭歸合肥

嗟余生苦晚，前輩目未識。側聞長老言，蘊稽推厚德。煌煌端毅公，古道手扶植。南宮昔校士，良窳就陶埴。至性實憐才，搜羅如不克。謂宜餘澤在，十世報猶食。公子負英才，承家奉軌則。干人非本意，負米貧自力。堂有白髮親，傷哉彼屺陟。通門謁開府，願望良易塞。舊時桃李花，當路化荊棘。交幾厄陳蔡，歸及課畊織。不污槖囊金，正復壯行色。螺江水新漲，帆影輕比翼。一事足誇人，來從荔支國。薩天錫詩：「紅塵香煖荔支國。」

仙遊茅筆歌

羣山海上來，絡繹趨九仙。仙翁此山住，示夢於幾先。九仙祠祈夢最靈。山中老樵枕石眠，斧柯斷爛不記年。夢中髣髴遇神授，筆花晝吐黃茅天。覺來信手縛不律，巧被筆工偷妙術。遂令九仙祠下三脊茅，用與鷄毛鼠須匹。中書免冠頭不禿〔一〕，菅蒯居然效微質。幸渠一束價未高，殿頭簪珥非汝曹。若教朱墨官盡取，便恐仙山成不毛。君不見連山伐竹兔拔毫，鐵梳膠綴何其勞。穢史自執奸吏操，直與此輩供錐刀。老夫抄書指生繭，怕搦人間管城管。塗鴉結蚓隨爾爲，不要殘年護吾短。

〔一〕「秃」，《原稿》作「脱」。

壽山石歌

周禮重璽節，後來印章毋乃同。自從秦人刻玉稱國寶，此外雜用金銀銅。鑄成往往上戴紐，屓贔作力碑趺雄。橐駝羔鹿虎豹龍，細者龜兔巨者貔與熊。肖形寓像隨所好，繆篆法與蟲魚通。漢時斗檢封，下沿唐宋仍相蒙。神龍貞觀宣和中，六印旁及金章宗。當時御府收藏及書畫，首尾鈐識丹砂紅。民間私記不知幾千萬，楊克一，有《集古印格》。王厚之，有《復齋印譜》。姜夔，有《集古印譜》。趙子昂，有《印史》。集古誰能窮。車磲瑪瑙犀角及象齒，茍適於用俱牢籠。後來摹刻忽以石，其法創自王山農。元末諸暨人王冕，自稱「煮石山農」，始用花乳石刻私印。自元歷明三百載，巧匠到處搜碚礐。吾鄉青田舊坑凍，價重蒼璧兼黄琮。福州壽山晚始著，强藩力取如輸攻。初聞城北門，日役萬指傭千工。掘田田盡廢，壽山石産田中者最佳。鑿山山爲空。崑岡火連三月烽，玉石俱碎汙其宫。况加官長日檢括，土産率以包苴充。今之存者大洞蓋已少，大洞所産亞於田石。别穿巖穴開芙容。今所用者皆出芙容巖。居人業此成石户，斑白老叟攜兒童。采來製紐尚倣古，一一彫琢加磨礱。我聞金石古稱壽，兹山取義奚所從。如何出寶還自賊，地脈將斷天無功。山靈有知便合變頑礦，庶與鴻濛混沌相始終。

以蜜漬生荔支戲成一律

蠟黄封蔕上方奩，未入蜜時先融蠟封蔕〔一〕。兩月南中已屬厭。筐篚人情憐白曬，瓶罌方法愛紅鹽。白曬、紅鹽俱見君謨《荔譜》。離枝便減三分色，入蜜懸知一味甜。珍重老翁親手摘，歸教兒女得分沾。

〔一〕按，《原稿》小注作「東坡詩：『方奩分送煩輿臺。』」

飲張民瞻齋

山墻藤蔓走龍蛇，指點相過路不賒。却喜鄰居連北巷，每拈書籍問東家。寓舍去張最近，頻得借書，故云。凉生翠蓋亭邊雨，風落紅薇屋角花。借取深杯還接燭，不愁官鼓夜催撾。是夕微雨，竹垞先歸，余及龔容溪兩人復留縱飲。

高斯億爲余畫竹以詩報之

畫竹原從草書出，眼中孰是張芝筆。高生善書久絶倫，餘技兼爲竹寫真。自言亦用狂草法，頗覺游戲能通神。無諸城中少修竹，客舍連旬苦炎毒。賴君妙手補化工，爲我一揮終十幅。幅終擲筆風雨來，野人踈爽心顏開。須臾雨止墨光濕，潤入紙背生蒼苔。老龍蜕骨瘦崛强，翠鳳掉尾紛毰毸。魄雄氣大腕力壯，盡掃篠簜皆凡材。忽然幻作鐵鉤鎖，江南李主作竹，自根及梢，極小者，一一鈎勒成，謂之鐵鈎鎖，自云惟柳公權有此筆法。世有誠懸應識我。渭川千畝胸鬱蟠，放縱精微無不可。文湖州派繼者難，後來獨推王孟端。人間多畫風中柳，東坡《題文與可墨竹》詩：「那將春蚓筆，畫作風中柳。」珍重蕭郎十五竿。斯億墨竹甚自秘重，故用蕭悦事爲比。

福州太守毁淫祠歌

愚甿致貧蓋有術，祈福淫祠亦其一。八閩風俗尤信巫，社鼠城狐就私暱。巫言今年神降殃，癘疫將作勢莫當。家家殺牛磔羊豕，舉國奔走如風狂。迎神送神解神怒，會掠金錢十萬户。旗旄夾道鹵簿馳，官長行來不避路。忽聞下令燔妖廬，居民聚族初睢盱。青天白日鬼怪遁，向來祇奉寧非愚。嗟嗟千年陋習牢相紐，劈正須煩巨靈手。江南狄公永州柳，此事今亡古亦偶，獨不見福州遲太守。

題悔齋方伯小照二首

其一

鯨呿鰲擲氣何如，目送雲濤蕩碧虛。記得大羅天上事，澥山難著白尚書。

其二

獨立蒼茫又一奇，長松怪石兩參差。披圖聊識高人意，未是科頭曳履時。

楊浴菴餞别於謀野莊〔一〕

黄門門下無多士，楊爲先黄門伯禮闈所取士〔二〕。三十年來盡罷官。白首荷君存古道，清樽留我話更闌。科名得路人餘幾，子弟能文事最難。别後倘逢潮信便，好從魚素報平安〔三〕。

〔一〕按，《原稿》題作「楊進士浴庵餞别於謀野莊楊爲先黄門伯禮闈所拔士其子晉爲亦能文。」

〔二〕《原稿》無此小注。

〔三〕按，《原稿》有小注：「自福州海道至吾鄉，風便，四日可達。」

垂橐集起戊寅七月，盡十二月。

舟發螺江林草臣張民瞻追送於洪山橋

小雨作秋涼，扁舟客將返。殷勤良友意，送我不辭遠。洪塘十五里，短亭復長亭。可憐橋下水，臨别難爲聽。來時梅子黄，去時龍眼熟。新歡旋已散，後會恐未卜。勿謂嶺海遥，合并諒有由。所嗟迫衰賤，去住兩白頭。

朝發竹崎順風晚抵水口驛

荔海南來得飽餐，此遊那更笑無端。歸帆偶得東風便，明日方知上水難。自此以上，皆險灘矣。涼月一梳微帶暈，暗潮三尺忽平灘。炎方未必無清景，貪向船頭坐夜闌。

初上灘

建溪之惡惡無比，狠石高低勢隨水。竹篙如鐵船似紙，曲折蜂窠犬牙裏。南浦迢迢六百里，大灘小灘從此始。黄河亦可濫觴耳，不到水窮行不止。

逆水逆風歌戲呈竹垞〔一〕

逆水彍强弩，逆風簸纛旗，澀灘怪石張頷頤。使我有篙不敢拽，有篙不能施。但見北來船，乘流挂席東南馳。我欲問天，天不可問。丈夫處世，各有利鈍。塞者自塞通自通，造化小兒游戲中。解后兩相值，我適遭其窮。却笑竹垞老，與我同舟還遇風，乃以我故兼累翁。翁今涉世頗知退，坐狎雷霆如一噫。我拍手，翁和歌，人生大都逆境多，順流豈遂無風波。

〔一〕按，《原稿》後有「先生」二字。

七月十五夜泊埂程

一村樹合煙初暝，四面山高月未升。隔岸聞鐘知有寺，滿川風浪放河燈。

折紙灘去尤溪縣二十里。

可憐尤溪灘，險於太行山。羊腸九折有路猶可攀，折紙一折乃在疾雷掣電中央間。高下既懸絶，東西故彎潫，上灘不易下更艱。有生寄命脆如此，摇手休輕過折紙。

箭孔灘

銅牙發利矢，未足喻其急。小舟欲穿針孔入，石梯倒行三十級。强弓寸寸彎不得，羿彀不中嗟何及，束手號天天雨泣。

茶陽灘

舟人口號云：「大水大湘，小水茶陽。」謂水落時，茶陽最險也。

大水大湘，小水茶陽。亘川塞路，如牛如羊。叱之不動迺是石，波臣横踞千步岡。當時大禹疏鑿不到此，漸長牙角勢莫當。棄置九州外，放流比投荒。如今郡縣闢海外，尚於中道梗咽爲民殃。何人爲剷除，毋令與水争强梁。石言吾何辜，水性本易怒。請君看取淮揚交，正坐中流無砥柱。

盆　灘

灘險寓盆名，波瀾頗不小。寄語踏浪兒，如何狎池沼。

雨後過南鴉口

暴漲添三丈，朝來冒兩涯。山深惟古戍，岸轉忽人家。苦竹秋來笋，紅薑雨後牙。似聞靈鵲語，報我過南鴉。朝來聞鵲聲，延平以南所無也。

建寧遇德州田子益以蜜漬荔支分餉

兩月三山客，歸裝但荔支。製來經我手，開處朵君頤。野饋憐同好，人情感過時。平生甘苦分，一味不曾私。

飲甌寧陳明府陛來縣齋

京國三年別，溪山半日留。眼中逢地主，意外繫歸舟。對酒寬相憶，當歌感昔遊。應憐舊同學，臨老獨漂流。

萬石灘俗名阿彌陀佛灘，中流有三石幢。

物各以類從，號石數有萬。波流石自止，於義特取艮。憶昨經兹灘，嶄巖争自獻。今看三石柱，尋丈纔露寸。一條换骨龍，掉尾秋更健。逡巡溯流上，淹滯得无悶。揚帆過須臾，正賴長女巽。舟人歸佛力，剪紙酬夙愿。老夫亦欣然，滿酌不待勸。

大小米灘

掀波成山石作底，風平石出波瀰瀰。秋天一碧雨新洗，大灘小灘如撒米。

牛頭牛尾灘

牛頭彎稜稜，牛尾直挺挺。牛腰没水五里長，牛角雙雙亞桅頂。我聞灩澦如馬戒舟杭，爾牛曷不服爾箱？又聞刻石作犀鎮水怪，爾牛胡敢恣爲害？夜從甯戚飯，朝就巢父飲。或簑或笠或訛寢，客過灘頭亦安枕。

重過雙溪口懷武夷舊遊二首

其一

雲封霧冒失烟鬟，縱棹曾從九曲還。自覺秋來遊興嬾，竟貪歸路不登山。

其二

飃飄笙鶴萬峰頭，只許南來一度游。不分此生難再到，蓬萊風近且迴舟。

迴龍渡

已窮三日程，未盡西甌境。晚煙投古渡，歷歷見人影。北際仙霞關，東走括蒼嶺。中間小聚落，百舍同一井。結屋深箐中，開田萬松頂。年豐米價賤，市散村聲静。野戍依其旁，孤燈光耿耿。雖無荷殳役，尚有擊櫜警。殘月猶未生，寥寥秋夜永。勞生竟何事，俯仰媿清景。

龍牙灘

乖龍竊天符，噀霧南入海。無端蜕鱗甲，墮地幾千載。帝將馴擾之，不忍甚厥罪。已令化爲石，本性終未改。欲遣水逆流，障川作巃嵸。河神勿聽命，蓄怒更百倍。森然磨其牙，昂首若有待。舟行一不戒，適球魚鱉餒。幸以險著名，設防亦每每。篙師出全力，遇此愈精采。滅頂世豈無，毋貽過時悔。

蓮花灘

潭潭積水中，沈石知多少。偶然一呈露，妍醜難自保。兹灘乃以蓮花稱，秀出溪面開層層。惜哉非所據，徒取見者憎。不見關中岳蓮撐兩峰，江上九子名芙蓉，千年老鶴巢雲松。仙居縹緲築臺殿，復有詩老來扶笻。爾今胡爲不自拔，縱使娟好誰爲容。漁翁溪女詎知賞，惟見蚌沫相噞喁。石兮如有知，得地未必非遭逢。

鼠灘

五行紀異古垂戒，銜尾渡江占鼠怪。從來一穴可沈舟，爲禍於人豈在大。張湯雖酷未盡除，我今方嫌漢網疎。致令此輩繁有徒，詭托黠狀生江湖。安得秦時鞭石法，驅使浮沈逐鵜鶘。太倉溷廁從渠偷，切莫飲水污清流。

同學王令詒於庚午冬過嶺有南浦見寄絶句今日至浦城追憶前詩和此遥答時令詒宰黔之銅仁

平生怕讀江淹賦，南浦今來別恨同。此地故人曾憶我，一官今落瘴烟中。

緑波亭

愛山愛水成吾癖，一笑艱辛亦飽經。虎舌龍牙初脱險，二灘名。又題詩上緑波亭。

行經夢筆山下

詞賦成名只等閒，寸心得失略相關。詩人老去防才盡，不敢輕嘲夢筆山。

發浦城晚宿漁梁嶺下

城北城南叫鷓鴣，似言前路極崎嶇。回思習坎真輕命，頓覺升高是坦途。戍壘防秋仍鼓角，人家經亂久榛蕪。殘燈影裏蕭蕭夕，萬疊荒山客夢孤〔一〕。

〔一〕「客夢」，《原稿》作「一客」。

梨嶺廟前古松爲火所焚作歌弔之

吾聞梨嶺廟前老松樹，舊與嶺勢争岧嶢。此廟有興廢，此松閱世不知凡幾朝？亦不知其高幾萬丈，直從山根拔起上蔽山之椒。今來何闃寥，竽籟不復聞《簫韶》。可憐去年秋，已作霹靂焦。雷公斬斷青虬腰，白鶴飛去誰能招。豈無楩枏與竹柏，坐覺滿山氣象入望成蕭條。獨留古根深磵底，神呵鬼護如靈苗。茯苓歲久化琥珀，居人德薄何敢以倖邀。翻思十年前，東南寇盜蜂擁潮，山童石赭供爨樵。汝於此時幸得脱，賊兵不斫乃被野火燒。

天既賦良材，使得干雲霄，胡爲灰劫隨僧寮。長成艱難摧拉易，自古在昔非今朝。嗚呼自古在昔非今朝！

度仙霞關題天雨菴壁

虎嘯狷啼萬壑哀，北風吹雨過山來。人從井底盤旋上。嶺下有龍井。天向關門豁達開。地險昔曾資劇賊，時平誰敢説雄才。一茶好領閒僧意，知是芒鞵到幾回。

峽口 初入衢州界。

矮屋荒村岸，浮橋亂水灣。船初通峽口，路已入鄉關。紅斂初沈日，青餘未了山。沙田秋熟早，牛更比人閒。

雨中過江郎街二首

其一

奇峰登五老，秀嶺度雙姑。昨度大小楊姑嶺。好笑三郎石，朝來却避吾。

其　二

雨滴松杉徑，煙迷穲稏鄉。秋山行處好，何必識江郎。

曉晴發清湖鎮舟中望江郎山

碓牀石瀨響泠泠，愛入歸人舊耳聽。岸草緑痕移蟋蟀，水花紅影帶蜻蜓。樵争曉市秋初霽，風轉荒灣櫂一停。雲霧不遮南望眼，三峰回首偪天青。

雲尖渡即目

水鳥插頭眠，近船忽羣去。只有一條谿，前飛落何處。

雨夜宿王子穎龍游學署

先生六十鬢將華，老去方憐始願奢。百里好山長繞郭，一官閒地便移家。空堂對酒凉生幔，細雨移燈夜落花。分爾歸裝無俗物，芙蓉巖石竹窠茶。

嚴陵二絶句

其 一

巢由等是未稱臣，自占箕山潁水濱。誰遣州名屬流寓，却疑此地竟無人。

其 二

信公門下實多才，柴市餘生大可哀。不是英雄誰有泪，更無一個哭西臺。

夜發富陽曉至泥汉避潮小泊

浦口沙積岸，潭頭雨壞橋。客程兼昨夜，鄉夢破今朝。小堰孤舟渡，荒山八月樵。風波歸更怕，不賦廣陵潮。

吼 山

天開地拆石峥嶸，一棹穿雲入甕城。喚起清風答長嘯，滿山松柏盡雷鳴。

偶遊蘭亭

黄茅十里騎驢路，中有南朝内史祠。墨本尚傳修禊帖，紅墻新護御書碑。浮橋過雨銜泥渡，曲水平階叠石爲。一笑山陰付陳迹，人間何事不兒嬉。

語溪舟中與竹垞别

一條榔櫟一扁舟，每過佳山約少留。榕葉蕉陰消客夏，芡盤菱角到家秋。粗償行脚平生債，不爽歸期汗漫游。我有新詩同《七發》，起翁微病待翁酬。時竹翁方抱痾。

閩中垂橐而歸家人適告米盡口占二律

其一

烏有歸來問子虚，鄉園米價近何如。鷄争野老場邊粟，鼠嚙先生案上書。閲世始憐貧是病，占年空説衆維魚。荔枝飽噉吾知分，此福從來有折除。

其二

半生顔狀忝風塵，檢點身謀悔亦頻。辟穀有方宜拔宅，毁車無用是勞薪。篋空笑貯加餐字，吾老羞爲乞米人。賓客不來僮僕散，免教鵝雁惱比鄰。昌黎詩：「隔墻極鵝雁。」

戊寅除夕

手中著擲流光過。東坡詩「流年已似手中著」，余今年四十九矣。老境猶彎寸寸弓。鄉曲無醫憐病婦，米鹽何物累衰翁。一家懸磬豐年後，萬事挑燈此夕中。那不癡騃逐兒女，試看禿鬢已還童。

敬業堂詩集卷二十六

杖家集起己卯正月，盡十二月。

歲己卯，婦病沉緜，爲之料理醫藥，入冬悼亡治喪，又踰月始計偕北上，時余年五十矣。豈意杖家之日，乃爲妻杖期之日乎。

四日立春

風從東來雲四散，獻節重開月上澣。田家占歲在新春，已過三朝不暇懶。起除鷄栅掃庭宇，旋拆牛宫治町疃。去冬無雪土不膏，蠶豆根拳麥苗短。直憑今日占今年，喜動桑榆一村暖。野夫杖藜亦蚤出，走向橋西閒趁伴。偶逢鄰叟看春還，云見城門懸詔板。鑾輿是月南巡狩，爲念頻年淮泗滿。宣房未築茭楗空，畚鍤須臾庸可緩。洪流涣涣冰開後，肯信吾鄉猶旱暵。勿愁燠沐入春無，漢明帝永平四年，詔「冬無宿雪，春不燠沐」，注云：「無暄潤之氣。」雨露行隨拂雲罕。

山陰道中喜雨

謝家雙屐舊曾攜，轉覺清游愛會稽。白塔紅亭山向背，赤欄烏榜岸東西。波光拂鏡羣鵝浴，竹氣通煙一鳥啼。野老豈知身入畫，滿田春雨自扶犁。

曹娥廟

掠面飛蝙蝠，當門印虎蹄。我來尋古廟，人爲指新泥。前一夕有虎入廟。小市風掀瓦，高江浪壓堤。連宵巫覡喜，殺盡一村鷄。上元前後，里人賽社，羣集廟中，燈火最盛。

上元前一日飲陶潁儒上虞縣齋

溪山漸入漸無窮，短棹飄然又浙東。載酒也應懷賀老，折腰毋乃累陶公。論交世路風塵外，得句春帆雨雪中。是日大雪。記取山城作元夕，一燈曾爲兩人紅。

雪後從西興晚渡錢塘江

牛車没轂水沙渾，暗長春潮二尺痕。萬竈鋪煙沉海戍，兩山銜雪束江亹。船開渡口愁將晚，月到圓時過上元。莫負承平好風景，河塘燈火鬧黄昏。宋時沙河塘燈火最盛，東坡詩：「繁星鬧河塘。」

十七夜會城觀燈

委巷争除道，殘燈未拆棚。所難惟物力，最動是民情。白屋寒堆雪，紅樓夜放晴。俗貧官不諒，簫鼓偏春城。時萬乘將南巡，州縣承上官意，比户皆令張燈，起自十三，至十七夜，照耀如白晝，數十年僅見也。

偶　題

夭閼竹藤緣底事，偶因展卷一欷歔。《武成》或取二三策，《戰國》漫誇《短長書》。《史記索隱》云：「《戰國策》亦名《短長書》。」未到流傳成帝虎，不應磊落鄙蟲魚。曾從顔氏看《家訓》，何用和凝百卷餘。王應麟《困學紀聞》云，和凝爲文以多爲富，有集百餘卷，自鏤板行於世，識者多非之。此顔之推所謂

「詩痴符」也。

題王松年流觴曲水圖二首

其一

内史家風世不如，流觴長記暮春初。如今勝事傳來別，禊帖鐫碑换御書。

其二

紅墻新割老僧田，鑿石穿渠又五年。畢竟讓君圖畫好，茂林修竹近天然。

題鳴野叔趺坐圖

華髮蒼顔映白須，列仙真個是臞儒。一丘一壑誰能畫，留待長康自補圖。叔工畫山水。

春分前三日南湖舟中口占

節物今年異，春分尚有梅。畫船依音挨岸泊，高閣傴雲開。水郭連旬雨，湖天昨夜雷。莫催桃李放，留待翠華來。時聞大駕已發京師。

連雨不止獨居小樓和陶雜詩十一首但借其韻不擬其體也

其一

檐空有餘滴，窗暗無隙塵。几榻隨所設，頹然置我身。幸無俗客喧，聊與書卷親。溼薪爇破竈，煙氣迷四鄰。明明際陽和，奈此晦昧晨。寧無好桃杏，寂莫傷遊人。

其二

晚色時一晴，殘陽帶諸嶺。參差入我牖，出没墮空景。夜雨旋復鳴，三更布衾冷。漫漫失清旦，未覺春晝永。起望海岸山，依然化雲影。狂風卷平地，水勢怒欲騁。誰知倚樓人，注目心逾静。

其三

杖藜雖鮮適，幽事亦易量。盆蘭如佳人，含笑新出房。瓦盆列左右，獨坐於中央。泠泠風露晨，宛在南山陽。勿將明媚眼，换此冰雪腸。

其四

種樹待春風〔一〕，花開人向老。媚人以華色，花亦難自保。泫然霪潦中，倉卒難就燥。天工詎汝惜，得氣翻悔早。蜂蝶兩不知，芳心爲誰抱。既開會有落，兹理何足道〔二〕。

〔一〕「春風」，《原稿》作「春花」。

〔二〕「何」，《原稿》作「胡」。

其 五

雙燕將來巢，經營尚猶豫。窺簷時下上，入室互翔翥。初如擇所依，終乃訖不去。烏衣亦可托，寧免漂摇慮。舊年堂上賓，風雨今焉如。浮塵寓天地，孰者爲去住。始知鵬鷃遊，未到逍遥處。區區挍大小〔一〕，叛道吾竊懼。

〔一〕「挍」，《原稿》作「校」。

其 六

雨來鳩喚愁〔一〕，雨止鵲聲喜。咄哉二鳥微，鳴噪强多事。陰晴及旱潦，造物茫茫意。偏勝豈必無，時行偶相值。但看雲靉靆，忽散飆如駛。馳思亦何爲，燥濕隨宜置。

〔一〕「愁」，《原稿》作「拙」。

其 七

我窮不有命，生理乃見迫。遂令多牛翁，傲人以阡陌。盎無五斗陳，甕有十月白。薰然壹醉富，未覺真鄉窄。連宵風雨聲，夢破江湖客。浮家猶見累，何計成拔宅。

其八

老夫不任畊，病婦兼廢桑。本務既兩失，衣單食粃糠。莽蒼無所之，況需三月粻。連陰欲何詣，却立希朝陽。低頭爾室中，跼蹐敢自傷。寸田富梨棗，辟穀何奇方。仙人去我遥，再拜酹一觴。

其九

人情動如潮，洶洶非一端。三農赴力役，百賈逐貿遷。因之惰游民，狂走成癡顛。至尊軫疾苦，玉食方風餐。肯以供億繁，而爲奸吏緣。柔能暨遠邇，義在《大雅》篇。

其十

異端好大言，談天率無稽。欺人盡聾瞶，自位高嵩崖。使讀聖賢書，未必副所懷。背馳去千里，詎易相縫彌。合之則兩傷，不如聽其漓。吾道譬暉曜，潛見示角羈。積陰等薄蝕，暫蔽焉能虧。

其十一

海角已窮僻，村中更蒼涼。春流渾渾來，欲濟川無梁。舊來豆麥隴，半作黿鼉鄉。甘澤苟非時，殺菽同殞霜。詩成感蔚薈，惡草日夜長。

春分後大雪和陶連雨獨飲韻

物情向暄潤，天道殊不然。却收花柳姿，都付冰雪間。老梅閱世久，崛强如頑仙。瘦竹亦舊栽，影障池南天。朝來悉被壓，夭閼無後先。初疑冬太暖，倚伏理必還。豈獨一黄楊，百厄同閏年。聞者或不察，吾詩若譻言。

西湖櫂歌詞十首

其一

栽松城石號花園，亭剪椶毛竹織樊。貪看御舟新樣子，遊人多出湧金門。御舟以椶毛爲亭，中植松竹，名「花園船」。

其二

湖面平添積雨餘，放生池外葑初除。誰司水族加恩簿，開過桃花未打魚。

其三

曼衍魚龍百戲張，蜃樓幻出水中央。船頭風引三山近，方丈蓬萊望渺茫。時禁游人不得登湖心亭。

其四

滇茶紅染鶴頭殷，畫檻朱欄點綴間。何限兩堤花柳色，却收小景上盆山。亭臺到處羅列盆景，寶珠山茶尤多。

其五

草色纔青柳未齊，石函橋北斷橋西。琉璃一片樓臺影，過盡笙歌十里隄。

其六

鑿開混沌著丹青，落石猶疑處士星。白鶴不歸梅樹老，鷺鷥飛上御書亭。

其七

萬葉千花綴彩棚，火蓮龜背吐層層。不知白日長多少，又點湖心照夜燈。

其八

漁家小女鬟如油，新向湖干學盪舟。也道城中粧束好，碧波回眼看梳頭。

其九

蜂喧蝶鬧奈春何，拂面風香過綺羅。此意少年應未會，第三橋畔落花多。

其十

弄潮天氣中秋後，競渡風光午日前。併與西湖作寒食，人生行樂趁今年。

愷功侍讀扈從至杭喜成二律

其一

夢想清遊十載餘，此來兼得侍鑾輿。一廚自展將軍畫，三篋行隨秘監書。不少吟聯傳館閣，愷功與陳乾齋南來唱和成卷。可無長策佐河渠。自從南涉江淮後，司馬文章世不如。

其二

扈從風流别一家，得官畢竟要清華。曾衝漠北多番雪，及看江南兩月花。春服幾人還戲彩，時隨相國偕行。寺門無壁不籠紗。留君暫作湖山住，計日頭綱待賜茶。

南巡歌八章〔一〕

〔一〕按，《原稿》删去第五、第六首，題改「八」作「六」。

其一

吾君盛德邁唐堯，河伯波臣詎敢驕。一道長虹東跨海，不煩鞭石更成橋。

其　二

沉玉搴茭事已賒，十年泛泛使臣查。此行直爲河渠出，望祀虛傳萬里沙。

其　三

六龍南下宿遷城，三月桃花浪已平。多少詞臣争獻頌，黄河應爲聖人清。

其　四

淮泗東南盡海邦，家家羊酒壓豐杠。緑牌曉奏知名姓，特慰輿情一渡江。

其　五

盡除鹵簿撤朝班，耆老來迎御舫還。爲話道旁經眼見，天顔有喜侍慈顔。

其　六

德音一日偏江湖，百萬重聞貸宿逋。洒道清塵皆雨露，不因水旱始蠲租。

其　七

行過山鄉又水鄉，豆花褪後麥苗長。翠華小駐非無意，要使宫人識采桑。

其八

岳牧頻煩事屢詢，屬車偶動爲勤民。從今便引《虞書》例，直望君王歲一巡。

眼鏡

巧製海西傳，能争造化權。隙光分日月，宿障掃雲煙。頓覺生虚白，猶堪續草《玄》。一編聊炳燭，兀兀慰衰年。

查浦書屋圖爲德尹題四首

其一

兩磚斜日過墻遲，課罷頻看桂影移。此樹年來生意盡，可堪頭白話兒時。聽事東偏小齋，余與弟幼時讀書處也。庭有老桂一本，每視樹影上墻，爲放學之候，今桂已爲薪矣。

其二

生子還同邵伯温，弟年四十五生子，故借邵堯夫事。見爺時節恰能言。挽須問事休輕嚇，直爲憐渠合杜門。

其三

五十年來老弟兄，暫歸也復可憐生。一燈不作音做。江湖夢，好片對牀風雨聲。

其四

藏書不過五千卷，築屋只消八九楹。先被畊煙偷畫稾，圖爲王石谷所寫，石谷自署「畊煙散人」。問君書屋幾時成？

留筍

好筍如人意，新梢補舊林。汝長應計日，吾老望成陰。不礙疎籬破，能令曲徑深。《咸》《韶》如到耳，風雨助清音。「竹兼風雨似《咸》《韶》」，黄伐檀句。

五十生日德尹次二蘇兄弟生日唱和詩爲壽次答二首

其一

百年突過半，千慮鮮得一。無聞世或疑，衰賤天所騭。安心雖漸退，始願竟莫必。鐘鼓委盲聾，主賓炫名實。窮爲東野鳴，拙被南宫黜。那將桑榆晚，坐待婚嫁畢。人言庚寅降，賦命例不吉。吉祥在止止，虚白生爾室。結習顧未忘，時猶弄詩筆。可傳或有在，老境知幾日。

其　二

蹉跎向遲暮，孤露追本始。自我稱鮮民，缾罍久抱恥。有親養不逮，具體痛瘡疻。忍復把一觴，靦顔對兒子。稍欣老兄弟，兩杖交頭倚。分飛二十年，意料不及此。驕榮落霜葉，浮慮净棐几。庶幾共殘年，服食勝菊杞。

池上看雨

五月蓮未華，團團葉如扇。亭亭不自匿，一一出池面。細雨聽無聲，初於葉上見。緑盤擎不定，的皪珠光旋。流汞忽一傾，倒垂三尺練。萍開魚影聚，萍合魚影散。即事偶成詩，悠然觀物變。

建蘭已萎盆中稗草叢生

誰云造物好栽培，膏澤多教長不才〔一〕。此理年來看爛熟，建蘭盆上稗花開。

〔二〕「才」，《原稿》作「材」。

梅雨初晴

沮洳下溼生蒼苔，三旬苦雨經黄梅。水田萬蛤夜羣吠，林巷一蟬晴忽來。曬書亭前日淡淡，打麥場上風飆飆。鄰家作苦一相勞，耘鼓正報槐花開。

海塘行

邑城去海十步遥，塘爲外捍非一朝。去年八月塘忽壞，洲潬崩裂隨秋潮。邇來沙漲三十里，魚鱉殘生差可喜。縣官欲爲先事防，倡議重修從此始。人輸一石名樂輸，石兮無脛何可驅〔一〕。編排既須照户籍，運致仍復煩丁夫。里符夜下朝必赴，田卒污萊敢申訴。築塘捍海亦爲民，此事不勞官長怒。公旬三日古有之，向蠲力役誰所爲。吾邑户口十萬，丁丑冬，縣令王某忽盡除丁糧，每田十畝代納一丁。人情已自逐游惰，亦與三農同怨咨。火雲燒空日光赤，盡遣山田龜兆拆。陽侯勸爾莫漫驕，緩我塘工待農隙。

〔一〕「何」，《原稿》作「胡」。

暑　夜

滿庭荇藻疑浮空，樓陰乃在樹影中。繁星沸天月將落，銀漢中亘垂天虹。夜深人静氣一斂，坐覺襟袖來微風。波紋摇窗簟脈脈，煙氣隔幃紗濛濛。暑徂凉近誰最警，露草已報吟秋蟲。

缾中紅白蓮花

紅蓮頳如霞，白蓮淡如雪。兩皆以色故，幻相紛羅列。或云色即空，紅白本無别。或云空即色，是紅要非白。入我止觀中，萬象隨起滅。一瓶井華水，眼界琉璃徹。空花久已除，此色爲誰設。

秋旱四十韻

槁壤黄塵外，明霞杲日西。直防金被鑠，頗怪火猶稽。箕畢占曾驗，陰陽數不齊。雄雷張旱氣，《師曠占》云：雷始起，其霹靂者，所謂雄雷，旱氣也。雌霓散朝隮。一物關灾眚，羣情固慘悽。潤希蛛網露，乾裂燕梁泥。蚯蚓潛深穴，蛟龍困老隄。蝸涎粘壁死，鷺脚插巢棲。舌燥呼羣鴨，沙歕振羽鷄。魚噞貪涸轍，牛喘失涔蹄。萍塊膠連蚌，苔痕兆拆蠵。涉波無白鷸，聒耳厭青蛢。古柏俄成杌，衰楊那復稊。瘦針撐棘枳，柔木偃椑槲。蕉碎離披卷，桐攣小弱圭。宮槐當晝聶，《爾雅》：「守宮槐葉，晝聶夜炕。」岸茨舉叢低。乾暵悲茺蔚，争先任蒺藜。《埤雅》：「蒺藜，旱草也。歲欲旱，旱草先生。」竹身焚忽爆，花面炙多黧。是水湯同沸，無岡石不甕。爲時宜長養，有力故排擠。壞葉頻辭樹，良苗半萎畦。村村抛襏襫，户户挂耬犂。瓶卧空依井，橋長尚跨谿。蝗來疑布陣，螢照儼然犀。東海行枯矣，南山望蔚兮。更誰施補救，不過禁屠刲。巫覡終難信，童謡豈有倪。吁嗟聽藐藐，《爾雅》注：「雩之祭，舞者吁嗟而請雨。」瞻卬目睽睽，客或歌《雲漢》，吾方賦病梨。相煎何太迫，欲避奈無蹊。烈焰融爐炭，焦煙著竈烓。袗絺同挾纊，懲熱到吹齏。不擬開三徑，因思接九梯。《後漢·東夷傳》：「挹婁國土俗極寒，穴居以深爲貴，大家至接九梯。」窮於入角鼠，窘甚觸藩羝。晨課書渾廢，宵眠枕罷攜。蠅聲俄已集，蚊翼詎勝批。瘠土天難問，勞生計總迷。但聞風發發，幾見渰萋萋。作苦隨鄰父，沉緜奈老妻。更愁兒索飯，早晚傍門啼。

即事

老夫畏暑如酷吏，逃入鄰園樹影中。貪趁槐陰成久坐，歸來衣上帶青蟲。

大雨二十韻

時雨何妨驟，秋陰不在多。民情方觖望，天意一滂沱。卷幔聲初到，傾盆勢已俄。隙光飛礮礰，萬籟入礱磨。地闊雷全動，風驍雹突過。冰綃龍挂練，甕繭鳳投梭。急點齊穿屋，横流倒瀉河。搜林驅虎兕，劈岸徙蛟鼉。旱魃駢頭溺，天吴拔尾拖。崑崙囚甫創，蝃蝀指非訛。轉眼陰晴判，宜人燥溼和。不關居塏塽，乍喜去煩苛。野氣通籬落，斜陽在薜蘿。板橋閒倚杖，茅舍亂堆蓑。曖曖連村樹，油油被隴禾。遠煙微映竹，新瀰半欹荷。菱角紅將采，鷄頭白可搓。蟬凉猶抱葉，魚樂自跳波。大有豐年象，初聞野老歌。詩成無好語，改罷亦長哦。

打魚歌

秋池瀰瀰瀏且平，罟師撒網初無聲。緑玻璃碎鏡光裂，一尾撥剌千頭驚。蛙跳蝦擲鰌鮔亂，似欲去此舉族行。豈知縱舍固有道，竭澤之利吾忍争。老魚勢屈適就烹，死非其罪如韓彭。弱魚力小如孩嬰，分無倖理乃放生。本來於汝何厚薄，恩怨不入須忘情。可憐韓子不知足，一飽欲鱠東溟鯨。終當不殺賦《净業》，梁武帝《净業賦》：「見净業之可愛，與不殺而爲因。」毋以口腹戕生成。

曉過南湖

卧看西南落月圓，起來晴色滿湖煙。孤城傍水開門早，一鷺如人導我前。菰葉曉沉風外岸，菱花秋淡影中天。何當穩與漁翁約，長守蘆根舊釣船。時計偕北上。

峒峿題壁

小驛三家市，西京百里侯。《漢書·地里志》有司吾侯國，即此。河聲下淮甸，山路入沂州。瘠地人多儉，殘年客善愁。南飛有孤雁，急急復奚求。

喜遇同年汪東山與聯轡北上

京洛三年别，升沉分已殊。如何偪殘臘，復此共長途。東山丁丑成進士，今赴明年殿試。故態狂猶在，名心老漸無。夜寒君不飲，吾醉好相扶。

除夜平原旅舍夢亡妻

分明入夢又瞢騰，昨歲今朝病正增。倦枕爲余猶强起，殘樽到手已難勝。圍爐枕火兒烹藥，薄雪鈎簾婢上燈。誰遣荒鷄忽驚覺，北風茅店冷於冰。

敬業堂詩集卷二十七

過夏集盡庚辰一年。

三上南宫，今復報罷。家編修兄留余下榻，暫緩歸期。唐時舉子落第者，六月後不出謂之過夏，故以名集。而秋冬道路之作，并附録焉。

三月三日同園修禊分韻得養字主人爲胡循齋觀察。

東風如故人，隨我杖藜往。紛紜閲花市，過眼多塵坱。小憩得同園，初欣天氣朗。主人天下士，愛客致羅網。及闇謁未入，命僕駕先枉。爛熳呼朋儕，殷勤話疇曩。一官棄唾涕，萬事付豪爽。大阮亦勝流，投閒攜几杖。謂令叔翔菴。藥欄桃李徑，拱把手培養。先開委空枝，密布無隙壤。可憐芙蓉杏，作態媚幽賞。那知白髮翁，分絶探花想。八年三見黜，得失同反掌。當筵猶氍毹，所見胡不廣。此生竿木場，著屐知幾兩？作詩記陳迹，即景成俯仰〔一〕。元《方輿勝覽》：「大興府海雲寺有千葉杏二株，名芙蓉杏，張叔夏見之，爲填《三姝媚》詞。」園中有此花，故云。

〔一〕「景」，《原稿》作「境」。

題宋山言學詩圖二首

其一

宗武學能傳杜老，小坡才可繼眉山。添他一卷《中州集》，知己無如父子間。

其二

從今不信廬陵語，窮乃工詩豈定評。看取風流宋公子，才名已占又科名。

白丁香次韻三首

其一

絶代人宜空谷幽，幽香愛傍玉搔頭。憑誰爲解梢梢結，減我東欄向夕愁。昌谷詩：「亂結丁香梢，滿欄花向夕。」義山詩：「芭蕉不展丁香結，同向春風各自愁。」

其二

滿城風雨滿天風，滿地狂花只取紅。獨向枝頭賞冰雪，莫欺老眼太朦朧。

其三

粉墨何當點作圖，畫家真色自應殊。依稀寒食梨花樹，月底看來澹欲無。

愷功侍讀惠宣德紙走筆謝之二首

其一

小印分明宣德年，南唐西蜀價爭傳。儂家自愛陳清款，不取金花五色牋。宣德貢牋有「宣德五年造」素馨紙印。又有五色粉牋、金花五色牋、五色大簾紙、磁青紙，以陳清款爲第一。

其二

九萬山陰何敢望，澄心百幅亦應難。從今稍變歐梅例，一首詩須博一番。歐陽以澄心紙百幅遺梅聖俞〔一〕，聖俞有詩。故東坡有「詩老囊空不一留，百番曾作百金收」之句。

〔一〕「歐陽」，《原稿》作「歐公」。

戲題陳叔毅桃葉渡江圖小照二首

其一

三生一夢坐多情，謫向江湖是酒星。桃葉桃根雙姊妹，可堪隨汝作浮萍。

其二

詞賦江關漸白頭，倩人扶上木蘭舟。殷勤聽唱公無渡，不爲風波也合休。

再次家荆州兄咏白丁香韻二首

其一

誰教巧手作瓊英，四出真從六出争。一夜花光如積雪，誤他啼鳥報天明。

其二

買得初從廟市回，朱朱白白費疑猜。只憑狡獪花兒匠，偷取唐昌玉蕊來。

上巳後五日再過同園看花賦贈胡翔菴四首

其　一

結鄰真喜近斜街，步屧尋春又一回。五日重來光景换，早花零落晚花開。

其　二

山桃含笑海棠妍，素奈香清亦可憐。小雨乍晴晴又雨，今年天是養花天。

其　三

不用枝頭挂小鈴，一羣嬌鳥避楸枰。緑陰滿地花光合，晝静時聞落子聲〔一〕。

〔一〕按，《原稿》有小注：「胡性嗜弈。」

其　四

閲盡穠華到晚春，客中吾是最閒身，却愁有酒無錢買，長累貧官作主人。

湯西厓編修寓庭丁香花下作三首

其　一

空庭三株樹，手植知何人。自我見此花，已閱十五春。居停幾易主，索醉不記巡。今來枝逾繁，出屋垂繽紛。花豈知我老，我衰暗傷神。稍欣舊交在，白頭尚如新。

其　二

自昔有土牆，界庭分背向。何年始撤去，樹勢乃張王。花氣下迴廊，葉陰通步障。旁添一堆石，小作攀躋狀。遂令賞花人，高出萬花上。

其　三

主人舊善病，客子新下第。邂逅好花前，流連詎失計。天公亦解事，雲日薄虧蔽。移床坐清陰，落蕊時墜髻。無酒不我酤，拔釵向誰泥。前言戲之耳，一笑聊破涕。是日不設飲，而余與西厓俱喪偶，故及之。

題同年汪東山南浦送行圖時余下第將歸

踏歌相送感汪倫，潭水桃花記此春。指點舊年風雪路，轉憐我是獨歸人。去冬與東山相遇司吾道中，聯騎北上。

偕荆州兄過一莖庵飲香林亭下次韻四首

其　一

淺草曲徑通，林深小亭伏。春遊太雜沓，摧折到花竹。居僧典守疎，鳥雀不勝逐。人間逆旅客，憔悴無如僕。約伴來何遲，悵焉空寓目。庶將酒一斗，散此愁千斛。借問賞殘紅，何如對新緑？

其　二

亭臺雖無多，托致取澹漠。尚書别業改，舊爲合肥宗伯公所葺。香火付蘭若。想當經營初，手自種花藥。不知幾賓客，來此共酬酢。前塵墮空虚，餘景就頹落。向人如有訴，俯仰憐病鶴。

其　三

昔與竹垞翁，來遊杖頻策。花時不暇懶，爛醉屢脱幘。夕陽到牆西，樹影相枕籍。我時齒尚壯，詩酒越繩尺。飲罷興尤狂，篇終疵互摘。而今坐頹廢，好友孰稱益。賴有白髮兄，依依尚相惜。追陪恐無幾，出處途已盡。

其　四

詩社幸見收，名場應見斥。魚熊古難兼，較若辨黑白。細思百年内，倏忽駒過隙。蟻封看擾擾，蟲語聽嘖嘖。不如兩相忘，舉琖酹花魄。退之言可廢，此日胡足惜。

再過西厓同元朗無功文子作

宿雨曉初霽，不知春淺深。落盡枝上花，爲君留緑陰。竹廊静脉脉，葉幌虚沉沉。此中有幽致，何處來鳴禽。

無功索題蒹葭書屋圖用東坡寄傲軒韻

長髯作蝟磔，短鬢未鶖秃。如何葭葦場，結此數間屋。看君用意殊，瀟洒取遠俗。浮名一鷄肋，小挫詎云辱。夜枕夢江湖，晨餐辭輦轂。升沉卜諸内，奚待再三瀆。本非山澤臞，肥遯在上六。平生讀書意，貪得肯知足。傳家十萬籤，直以腹笥蓄。歸時展圖畫，秋水堪釀緑。荒灣一色蘆，老圃百年木。相尋知有處，把卷吾已熟。

題錢朝采設色花

眼見春歸可奈何，一枝花葉自婀娜。問他没骨圖成後，破費胭脂得幾多。

廉讓寓齋送春分韻得有字

小時逢春愛花柳，逐伴年年開笑口。年來年去春復春，不料侵尋成老醜。來如東門遇游女，去若河橋别良友。明知邂逅兩無端，未免依違悵分手〔一〕。鏡中鬖鬖白髮長，上聲。門外衮衮紅塵走。曹生也是不羈徒，爲餞春歸召儕偶。朱櫻紫筍憶鄉味，欲致僧厨無一有。失路隨余學放顛，得錢賴爾能沽酒。有情相對且沈醉，萬事蒼茫一回首。

〔一〕「違」，《原稿》作「回」。

與朱悔人京口一别十二年矣今春相見京師讀其遊匡廬武當兩集喜而有作

丁卯橋西蒜山畔，江聲怒走風帆戰。兩萍一散十二秋，流落燕中復相見。不怪年光逐飛電，不怪青袍尚貧賤。怪君頷下鬑鬑鬚，點漆黥烏經百煉。開箱示我兩卷詩，元氣入筆何淋漓。始知巢父有仙骨，豈比岑參空好奇。吾今老矣百事錯，局促人間何處著。髯兮肯賦《歸去來》，隨汝名山辦芒屩。

同朱悔人劉大山魏禹平錢亮功馮文子方靈皋吴山崙汪武曹諸子飲徐尚書碧山堂花下分韻得曹字

謝公別墅近城濠，載酒曾陪飲興豪。不料故人還客此，猶能折柬致吾曹。商量未定將歸燕，時南宫報罷，諸子將次第南歸。摇落何堪舊種桃。併墮平生知己淚，廿年塵土一青袍。

同悔人禹平雪坪崑繩文子武曹亮功集黄岡王副相書齋雪坪有詩余繼和

三十年來培護深，堦除手植盡成陰。可知今日憐才意，即是當時種樹心。天近城南多雨露，人從畫裏指山林。一春兩度陪公飲，自愛婆娑入醉吟。

三月晦日李寅谷招同人怡園雅集分韻得登字

帝城逐人事，節物有廢興。晦日尋李封，吾追杜少陵。衰賤衆所棄，誰如几可憑。惟有貧時交，不作炭與冰。與君生同歲，稍長以兄稱。君弟令弟若華，余同年友也。即余弟，鄉書昨同徵。麗正聊僦居，暮景失飛騰。君故得名早，顏謝何足輘。七齡書擘窠，前輩久服膺。舉場三十載，謂宜鯤化鵬。到今困韁鎖，屈首似我能。相國宛平公，憐才異孫弘。六館致一士，翕然聲價增。由來天下賢，難以徽墨繩。名園卧榻側，興到便許乘。花時速朋曹，欄檻俯對凭。葱葱萬井煙，高標見觚稜。水光與樹色，到眼皆鮮澄。遂令塵土胸，振步疑飛昇。欲去屢回顧，恍然夢遊曾。西鄰張司業，謂寄亭。豪氣如陳登。夜來致吾徒，酒器雜斗升。我飲僅小户，當筵醉瞢瞢。依稀人影外，籬落移疎燈。明知病酲餘，前悔後莫懲。且復盡今日，此歡恐難仍。

方拱樞徐學人招集竹林僧房用昌黎短燈檠歌韻各賦一首

青天不如歸路長，白日不如燈燭光。清談爲洗煩惱毒，快比灌頂醍醐涼。城西古寺竹林側，濃陰正落鄰僧床。我今已是無家客，芒鞋一雙輕策策。故人也復念窮途，招向此間浮大白。不辭醉倒花滿前，我醉欲借精藍眠。醉中得詩尤縱恣，夢入仙山吸空翠。長安齷齪胡可居，直戀知交未能棄。

吴西齋農部次前韻見貽結語云有才如此長淪棄再疊韻答之

一年暮景晷綫長，一日暮景桑榆光。曷不收身及未死，打鐘掃地居清涼。李義山云：「平居忽忽不樂，尅意事佛，方願打鐘掃地，爲清涼山行者。」人生去住各有志，異夢何必非同床。兒童候門望歸客，已報騎驢横短策。那堪寄食猶淹留，看過銅街柳花白。新詩忽來慰眼前，平沙草色荒千眠。我坐無才翻自恣，貧女何當飾珠翠。感君置我盧楊間，世與君平方互棄。

三疊前韻酬劉若千侍御

邃父黀父兼三長，十年視草同明光。次公淮海特簡出，不比請郡來西涼。令弟海觀去冬由編修簡任揚州太守。先生冰銜又繼改，行且毦筆登南床。寄言鳳皇池上客，萬事何曾由預策。股肱耳目皆帝臣，亦欲乘時少建白。丈夫不退須當前，誰能蠢蠢如蠶眠。渥洼之産本奇恣，孔雀回頭失金翠。眼中衮衮見諸公，不礙江湖有淪棄。

四叠前韻答錢亮功

野鳧頸短鶴頸長，鵂鶹晝暗螢夜光。尺蠖自伸龍自蟄，火鼠自熱凉蟬凉。狐狸跳梁蝨緣袴，觸蠻争國蟻鬭床。紛紛等是逆旅客，瑣瑣都無善全策。一枰袖手姑置之，何暇爲渠分黑白。君方高詠明燈前，我亦醉吟冰雪眠。兩篇一意取自恣，不拾零星路傍翠。鐵槍半段試相當，我用何妨時所棄。

題梅雪坪小照

才名應不讓都官，心在青松白石間。直是相看兩不厭，對君兼對敬亭山。梅，宣城人，故云。

西厓自編修改授刑垣三首

其一

君本澹蕩人，通籍久華密。蓬山坐無事，十日九移疾。吾嘗從之遊，仡仡勤著述。門無閒造請，庭有好風日。本分分莫踰，讀書初願畢。俄聞改言路，諫草煩史筆。官雖號拾遺，衮職少缺失。功名况時至，建白非預必。珍重千鈞機，寧爲鼷鼠發。

其　二

臺省初授官，半由庶吉士。朝廷破成例，簡畀出久次。同館復同年，六人遂居四。和鳴自鸞鳳，肯作鷹鶚鷙。司空城旦書，儒者通大意。方當覘經術，夙抱豈初試。

其　三

事外易持議，引喙多激昂。設身處局中，唯阿無一長。其或好生風，沽名事矜張。快心挾盛氣，一往不自量。斟酌二者間，得失恒相當。語默固有道，因時蹈其常。先生熟古今，兹理固細詳。蒭蕘述所見，幸恕狂言狂。

陳六謙出示漢唐以來諸石刻同張超然林吉人朱北山項霜田家潤木分韻得氣字

吾黨陳髯老可畏，書法縱横今米芾。平生致此蓋有由，嗜古津津飫餘味。南遊北宦三十載，所至窮探自娱慰。尊彝款識拓商周，篆隸銘詞藏漢魏。源流了了溯河漢，清濁離離判涇渭。神專志篤物斯聚，缾罄囊空窮肯諱。問君貪得毋已奢，借客旁觀似無謂。髯雖不答亦自笑，補綴叢殘寧有既。老夫昨獲薛稷書，宋搨唐碑傳果毅。余近得《果毅都尉李汪墓銘》，六謙極歎賞。手樵指畫弗忍釋，累爾垂涎發深喟。君家墨妙堆古香，片紙何堪追髣髴。人間散帙知何限，架上搜羅嘆猶未。不如各守不貪寶，但遇金銀粗識氣。明窗小几零丁帖，斜日空庭紅紫卉。童子烹茶客未歸，松風正瀉濤聲沸。

淮南宋射陵先生及陸太君八十雙壽詩

海上蓬山山外天，老人高竝婺星懸。鹿車對挽原偕隱，鳩杖同扶又十年。綵袖兒曹雙白髩，謂稺恭孝廉。紫薇家世一青氈。滄桑眼見尋常事，我識淮南地是仙。

爲楊次也題周兼畫

秋光澹於水，秋水澹於人。臙脂何處著，一點在朱脣。誰識淺深意，畫時良苦辛。

題高巽亭怡怡園

我愛高家好兄弟，才名標格兩争奇。他年離别知不免，記取對床聽雨時。

題江陰周氏女郎設色草花

野花最好是無名，纖手親煩點染成。吹得蜂腰比人瘦，東風輕薄可憐生。

荆州兄移寓懶眠衚衕籬落林亭頗饒幽致留余過夏歸計未成三章遣興并索西厓西齋共和之

其　一

且喜全家住帝都，未應回首憶江湖。燕辭舊社三年主，鴉乳新巢四月雛。旁舍幾楹通曲折，輕紗一障隔模糊。君看膝上王文度，也愛將車入畫圖。

其　二

位置槎枒犖确間，庭除小步得躋攀。心如井底無波水，雲肖城頭没骨山。三徑未成聊寄跡，一枝暫息好乘閒。難拋載酒聯吟伴，或恐花時費往還。

其　三

兩株嘉樹賦婆娑，老愛流光静裏過。淡入茶煙新月上，濃交碁局緑陰多。葉聲欹枕瀟瀟雨，簾影摇窗瑟瑟波。莫遣詩成傳好事，和章衹許共羊何。

戲題禹鴻臚八瞽圖次韓慕廬先生原韻

萬竈燒松傾漆斛，輕薄紛紛畫不足。一翁高坐稱瞽師，七子團團列無目。然雖無目耳未聾，十事傳聞九捧腹。牛頭馬脯鬧屠肆，雌霓入聲。雄虹争捲握。鼎彝真贋兩詆娸，奩軸成虧互翻覆。得之隋掌快呈珠，失者周閑嗟喪騄。用樊南集中語。何如混沌初不鑿，大璞全真方是玉。可憐多少不盲人，白日光中衒螢燭。出《晉書·劉頌傳》。

題西齋圖二首圖爲王石谷作

其一

何計能寬索米愁，一官倉庾也風流。畫圖酷愛王摩詰，詩味濟如蘇密州。東坡集中《西齋》詩，密州所作，西溟以爲黄州，非也。世事飽諳殊少味，人生閒處直須偷。某丘某水依稀似，留向歸時指釣游。

其二

買書分俸論千卷，種樹成陰待十年。借問膠西富桑棗，何如潁尾長風煙。天生才士定多癖，君與此圖皆可傳。獨有吾詩真被壓，更無一句敵坡仙。

苦雨六章

其一

暑雨不當怨，旱潦各有時〔一〕。我無螻蟻營，趨避將何之。屋漏苦見迫，一床亦頻移。昏昏醉夢間，起坐渾如癡。亂蛙强多事，叫跳無停機。

〔一〕「旱潦」，《原稿》作「燥濕」，後改作「水潦」。

其二

蛙黽日以親，人跡日以疎。他鄉惟兩弟，彼此仍索居。德尹寓米市，潤木在椿樹衚衕。乾鵲不報晴，扣門得家書。苦言蠶麥損，正值積潦餘。寧知京洛間，我亦幾爲魚。誰能裹飯往，好友或念余。得家書。

其三

我友鄰巷居，隔絶異鄉縣。六街發暴漲，南北天塹限。心知騎驢危，不及挂帆便。衝泥欲過之，邂逅不得間。却歸閉門坐，猛雨聲連旦。殘燈如溼螢，耿耿棲几案。燈明諒何益，吾老眼已暗。荅西厓。

其　四

眼昏晝如夜，拓窗候晴暉。重雲有時開，晨光乍熹微。陽烏方洗翅，黯黮潛炎威。矧乃燕雀曹，羽短焉能飛。江河如可越，與爾將同歸。

其　五

黄水欲逆行，清淮助流惡。司空非一禹，出使半臺閣。似聞水鄉民，汎汎鷗鳧若。野人好奇計，稍稍試疏瀹。中庭地勢窪，猥以鄰爲壑。下流靡所放，鹵莽費開鑿。天心吾錯料，静待溝澮涸。

其　六

皇天乃好雨，一月月離畢。太白方經天，浮雲爲深匿。星躔暗中度，休咎徵兩失。井塌槐殞花，墻傾棗垂實。待兹晴景换，秋序向蕭瑟。莫怪野夫詩，候蟲同一律。

立秋日喜霽同九恒早過西厓是夕再同九恒西厓飲康飴

寓用立秋二字各賦二首

其　一

呼羣起我早，赴約如請急。逢君下直歸，竟坐不暇揖。檐飛報晴鵲，袖出《苦雨》什。日薄風進凉，林深氣流溼。竹尾亦翛然，清如小童立。浮生知幾見，佳節豈頻集。官况尚宜閒，旅懷何汲汲。蒓鱸殊有味，歸去吾猶及。後二日余將出都。

其　二

去歲秋大雨，湖洪發龍湫。尋君湖上莊，風燈颭漁舟。得官豈不好，坐失家山遊。居鄰湯給事，邸舍相綢繆。落魄兩酒徒，無端竝淹留。汲井濯我足，呼酒澆我喉。舉頭見秋河，大火方西流。流光遽如許，不醉當何求。

自中元前出都舟行無詩八月初三夜渡黄河偶爾得句索同年徐貢瑶和

岸塌河身闊，茫茫失舊灘。遥天挂新月，一棹下奔湍。老去才疑盡，窮歸興易闌。詩成聊撥觸，堅壁莫旁觀。

送女詞二首九月十三日再入都作。

其　一

嫁女事瑣屑，老翁非所知。母在當汝憐，母没行告誰。遥遥三千里，閨閤從此離。兄嫂送及門，慰情多好辭。勸之勿令哭，我淚反交頤。

其　二

老來百念空，久識身如寄。胡爲未能割，身外憐幼穉。失母父向慈，家貧滿餘媿。長途挈之往，既嫁直如棄。皇天勞吾生，遣累當以次。笑指五岳期，猶需十年事。時无忌尚未聘。

秋杪重至王家營次楊次也壁間韻

十日征程滯故鄉，大河西北又嚴裝。千家轉徙留三户，萬柳榮枯在一霜。斷岸無橋頻待渡，涸沙有犢尚犁荒。驚心八月歸舟路，夜下萑苻百里黄。

治河謡

六壩塞，春水溢。六壩開，秋水來。水深河大，官方高卧。其一。淮之土，蒲茭蘆。淮之民，獱獺魚。刈蘆作帚魚作飯，努力與官高築堰。其二。一石水，五斗泥，濁流下灌清江低。不望黄河清，但願倒流直向崑崙西。其三。泗亦刷黄，淮亦刷黄，清流一綫河中央。其四。天生吾民，水忍戕之，以水治水，惟天子命之。其五。

即目

水落漁翁結網初，只貪竭澤肯留餘。鸕鷀鸂鶒且羣避，勿與此翁争此魚。

霜殺草

嚴霜能殺草，冬日旋殺霜。相殺無已時，生理終不傷。衰氣赴積陰，先機兆微陽。君看勾萌意，松柏同一岡。

旅舍落一齒自嘲二首

其一

毁理生時具，太剛焉得完。平生無大嚼，到此亦凋殘。舌在柔何益，唇亡想更寒。長途憐弱女，苦口勸加餐。沈石田《齒痛》詩：「勸餐兒女不知難。」

其二

不爲窺鄰婦，何曾玷薦賢。春冰消最易，病葉墮長先。已落誰復顧，餘存寧久堅。自慙輸老馬，數齒減衰年。

白楊

白楊生古墓，墓古鴉亦老。當風叫空巢，敗葉棲衆草。方當托高蔭，豈意守枯槁。嗟彼種樹人，悟機乃不蚤。

德州道上咏霧淞花

霧隱孤城去轉遥，曉程十里愛瓊瑶。冰聲策策初疑葉，雪片離離盡綴條。纖指亂垂絃下柱，折釵争墮舞時腰。最憐頃刻同開謝，只費三竿日便消。

景州董子祠

西風殘照廣川城，董相祠邊感慨生。官秩稍增秦博士，文章獨闢漢西京。醇儒豈以科名重，濁世無如經術輕。却笑武皇親制策，牧羊牧豕盡公卿。

大風商家林待渡

波濤動我前，朔野何汪洋。行行忽迷路，欲渡川無梁。老馬徘徊鳴，北風寒且僵。輕冰拆沮洳，澹日沉輝光。平生湖海遊，汗漫殊未央。禦窮不有命，試以一葦杭。隔河見人家，煙火靄漁莊。苦辛脱彼岸，樂踰還故鄉。問途倉卒間，夷險豈有常。明朝難逆料，聊復索酒嘗。

奉題阮亭先生倚杖圖

誰與先生貌一丘，柴門以外即滄洲。殘霞紅上鯉魚尾，遠水碧於雄鴨頭。風定垂垂緑楊影，雨餘咽咽凉蟬秋。幾時真裹幅巾去，容我來隨杖履遊〔一〕。

〔一〕「杖履」，《原稿》作「撰杖」。

除夕過西厓齋西厓與悔人赤抒方分韻賦詩余以事先行

續和一首

老來驚節序，除夕倍相關。官舍静無事，旅人猶未閒。鏡中無黑髮，枕上有青山。頗怪京華道，一年三往還。予今年正月入都，七月南歸，十月再至。

敬業堂詩集卷二十八

愉存集起辛巳正月，至四月。

辛巳四月，舟過吴門遇盗，出都以後詩約五十餘首〔一〕，胠篋以去，無一存者，閒中記憶偶得十數章，題曰《偷存集》。

〔一〕按，《原稿》「出都」前有「本年春」三字，後删去「春」字。

題費而奇畫水仙月季花

水邊林下各幽姿，春在梅花未吐時。誰替天公管正月，一梢初點淡胭脂。

題家聲山所藏趙子車修竹吾廬圖次卷中陳眉公舊韻

猶記年時載酒尋，故廬煙雨別來深。誰云阮巷分南北，宛是吾家舊竹林。

正月四日集朱悔人寓齋用郎左司鶯歸漢宮柳花隱杜陵煙爲韻分得歸字時余將出都

遊子不得意，春風減容輝。家家朱門開，孤雲欲誰依。以上四句，俱集前人詩。無酒肯沽我〔一〕，累君典春衣。我行興已闌，君住願亦違。千薪壓白首，刺天看翬飛。苦竹歲不實，鳳兮宜忍饑。素絲雖云長，莫借鄰人機。獨持耿耿意，遲暮將安歸。昔別踰十年，後會那可幾。交情重末路，毋使音書稀。

〔一〕「沽」，《原稿》作「酤」。

上元夜白溝旅店遇王文子編修

獨客歸裝薄，新年酒價增。平沙千里月，冷市幾家燈。邂逅歡何極，麁狂老尚能。被君嗤好事，題壁記吾曾。「今宵明月入窗早，去日小鬟如我長」，余五年前過此，題壁詩也。

趙北口喜晴

渙渙冰初釋，葱葱樹向榮。水浮雄縣動，沙過鄭州輕。客飯魚蝦氣，村場鼓笛聲。鄉心兼節物，屈指急歸程。

景州城外

遥遥廣川城，望望十里塔。連日北風多，春冰開復合。

有以小車載鸕鷀者戲作

鸕鷀本在舟，忽作乘軒鶴。大似水鄉人，騎驢客京洛。

出　山

穆陵春意動，農事正相催。屈曲山程盡，微茫野色來。牛羊乘麥短，鵝鴨喜池開。消息逢人問，淮南正早梅。

河濱墳

河濱卿相墳，窀穸今幾世。雨中兩翁仲，對我若流涕。前年水没腰，去年水浮髻。淪胥眼中見，已作騣騣勢。我笑謂石人，汝憂亦良細。淮揚百萬家，十室九沉瘞。可憐桓司馬，欲以堅保脆。石槨三年成，寧非速朽計。

二月六日舟泊白田喬無功介夫兄弟招同王方若飲縱棹園梅花下用東坡雨中看牡丹韻各賦三首

其一

我來大河北，青草四野無。淮岸初逢春，滿園蓓蕾珠。雨氣入冰骨，煙光潤苔膚。池南有疎影，竹杖行更扶。

其二

繞屋幾平聲百本，出墻忽一枝。一枝未全開，餘寒尚相持。人情向花葉，幽討及此時。何當爛熳辰，共賞桃杏姿。

其三

不到踰十年，竹樹森然起。主人漸頭白，况乃吾與子。謂方若。對酒苦告歸，斯言誠可鄙。臨行還被肘，勸我嗅花蕊。

虎丘買草花

買笑談何易，傾囊直爲花。憐渠兼客土，伴我似浮家。種向吴兒乞，歸從野老誇。瓦盆茅屋底，毋乃太奢華。

出都時屬禹司賓之鼎作初白庵圖取東坡身行萬里半天下僧卧一庵初白頭詩意也余自己未出遊計道里所經視先生奚啻十倍今白髮且滿頭矣所居園池之東有閒地數畝擬結茅其上而資斧適乏不潰於成輒題數語以堅初志覽者勿笑道旁之築也

平生好遊不知止，二十三年十萬里。鴉飛不到滇中山名。雁飛迴，中有勞人雙屐齒。而今老矣合歸田，又指茫茫兜率天。妄想難酬成佛願，把茅聊縛定僧禪。

蔣樹存招集繡谷交翠堂分得江咸二韻

其一

初來客欲迷桃隖，久住君堪比石淙。繡谷好風鶯歷歷，緑陰微雨燕雙雙。一軍騷雅尊前壘，四壁溪山畫裏窗。芝草坊名吾久識，不緣入座始心降。

其二

山堂昨日枉華緘〔一〕，前一日令叔楊孫書來留行。且緩歸程半日帆。開徑自來原屬蔣，入林從此又交咸。來如獨雁貪隨侶，飲似長鯨笑立監。記取逃觴多謬誤，淋漓酒汁在青衫。

〔一〕「堂」，《原稿》作「塘」。

張日容匠門書屋落成索題句

五架三間八九楹，重來已聽讀書聲。開池叠石經營始，鬼運神輸指顧成。杜甫堂新非背郭，陸雲屋老只依兄。一庵未遂誅茅計，大笑吾才不及卿。余欲結初白庵，至今未成。

繙經集起辛巳五月，終壬午九月。

妄念稍萌，遂成障礙。自我致寇，於彼何尤？從此洗心皈釋典，未必非天之全我晚境也，戒之哉！

陳補思聞余歸自吳中以詩見嘲次答二首

其一

忽傳尺素到鰥魚，對客開緘一笑餘。道力未全宜有此，天花已散試何如。緑林豈易求知己，來詩云：「故知豪客今逾俗，豈是詩名涉弗如。」白髮原應早結廬。若問窮歸何事業，尚逃小劫剩殘書。

其二

老去真同半面魚，見《會稽志》。從教比目笑王餘。左思云：「雙則比目，片則王餘。」長須赤脚差相稱，法喜維摩總一如。子敬偷存無故物，伯淮歸去有精廬。繞籬添種平安竹，又費東園問訊書。

讀楞嚴經二首

其一

水土定浮沉，大輪轉風火。胚胎互融結，大患緣有我。螘行欲右旋，奈此磨盤左。執持去成見，所寓胡不可。

其二

塵根遞纏繞，畢竟同生異。如結既綰成，是一要非二。一成仰方便，六解當以次。觀性證三空，解脱亦如是。

六月二十夜

幽室忽已夕，有聲作雷鳴。胡爲乎來哉？熠燿方宵行。衰年耿無寐，夜氣延虚明。林静風不交，天空月徐生。聲光同一寂，夢覺胥忘情。

德尹止一子初生時余名之曰阿願六歲而殤三詩哭之

其一

初生與發無窮願，到此翻成有漏因。汝伯爲誰開望眼，乃翁渾似哭成人。誤投珠掌償前債，妄冀金環認後身。四十九年羈旅恨，東坡《哭幹兒詩》云：「吾年四十九，羈旅失幼子。」德尹今年五十矣。喚回殘夢倍傷神。

其二

爺歸端爲汝求師，德尹今春請假，將挈家北上。已是秋來上學期。每爲杜家誇驥子，忽驚白老失龜兒。愛河縱涸須千劫，苦海難量爲一慈。得似旁人强相勸，不禁老淚亦交垂。

其三

吾生早受多男累，得子中年未算遲。一慟竟成千古痛，十年重續《四殤》詩。十年前連喪諸姪，余曾有《四殤》詩。孩提長養原非易，老大生存衹自悲。借取劉郎詩作讖，一枝吹折又生枝。

六月廿三夜大雨

風如車輪東北馳，雨如車軸西南垂。蛟龍尾焦海水立，虎豹股栗山林移。二更小劫須臾過，不礙先生高枕卧。一林竹影過墻東，殘月如新剛半破。

立秋日馬寒中素村見過

好友兼秋到，新凉似病餘。數莖添白髮，一夢過紅蕖。自笑貧逾甚，翻憐迹未疎。盤餐論後約，手自種園蔬。

雨後獨行池上

誅茅斬竹杳無期，廢圃頻來爲此池。我與鷺鷥同照影，白頭相對立多時。

陳允文見過用余與補思唱和韻作詩相投次答二首

其一

剥啄聲中住木魚，清風來值午茶餘。《客嘲》《賓戲》聊相答，失馬亡弓只自如。「亡弓豈須求，失馬不必涕。」秦少游《東城被盜》詩中句也。梧葉打醒庵主夢，槐花踏過野人廬。留君小作須臾住，省得敲門再寄書。

其二

去意難回縱壑魚，獨留詩味付吟餘。舟痕契劍癡何益，麈尾拈花笑弗如。尚恐波瀾生古井，肯容荊棘長神廬。口頭截斷君休問，看取新抄貝葉書。

窗前荼蘼秋後復發花

自從三月春歸後，引蔓抽條漸出墻。但愛秋來有花看，不知中已閲炎凉。

促織

草樹荒庭合，何來絡緯啼。夜長時斷續，風引忽東西。故傍殘燈急，俄催片月低。空機委墻角，感物悼亡妻。

德尹自妙果山避暑歸五疊魚字韻

十日齋厨聽粥魚，歸來又續黑甜餘。誰無痼疾難相笑，各有風流兩不如。禮斗便應朝絳闕，尋僧何必到匡廬。從今分辦晨昏課，我讀《楞嚴》爾道書。余方留心内典，而弟舉家持斗齋，故云云。

病枕口占

小雨已過風颼飀，老人卧病亦在樓。長天又推月東出。大火欲掣河西流。秋聲蕭蕭遽如許，元氣浩浩當誰收。大千起滅了無際，静視此身同一漚。

即事二首

其一

俗吏讐詩客，文書惱病夫。吾方入蓬藋，爾自養萑苻。憎主非羣盗，藏奸豈具區。世情多叵測〔一〕，即事一長吁。

〔一〕「多」，《原稿》作「真」。

其二

萬古一碁局，言平最不平。獺窺魚穴静，鳩伺鵲巢成。物性論强弱，天機近鬭争。但教風作質，有觸自忘情。出《楞嚴經》。

病後過竹垞先生齋

偶因風雨宿君家，勸枕無眠到曉鴉。起向曝書亭上坐，一池荷葉兩三花。

東湖舟夜

夜好偏無月，天空頓覺秋。風兼雙鷺起，水帶一螢流。樹氣船船露，燈光寺寺樓。十年曾載酒，落魄笑重游。

喜竹垞先生至

荒村積雨餘，秋水方没埭。蛩然足音至，啓户蓬蒿礙。三徑懶未除，一牀凉可對。先生本師事，折節到儕輩。我貧家少書，倒篋肯見貸。蒙求不嫌瀆，過我仍捆載。茅齋月露清，氣壓酒盞内。高談如赴敵，薄病逡巡退。

同竹垞德尹過馬寒中山居

馬氏好兄弟，卜居傍層崖。青山滿墻頭，羅列如髻釵。杖藜約朱老，興到相與偕。不辭步屧遠，及此秋光佳。款我非俗情，赴君有奇懷。筮《易》得酒食，遂以衎名齋。寒中書屋名「衎齋」。既飽還讀書，桐陰落空堦。人生貴稱意，作計殊未乖。

同遊菩提寺

路轉稻花村，山田間䏲确。肩輿入古寺，墻宇半圮剥。林高樵斧稀，時有一鳥啄。居僧不耐静，辛苦事詩學。世界無寂喧，心源異清濁。叩余笑不答，待彼迷自覺。何處一聲鐘，殘陽在樓角。

補思再疊魚字韻見寄經秋乃到再次答二首

其一

真成一往侶禽魚，結習都消洗硯餘。雅謔從人嘲孝本，繆恭無令重相如。雪霜頭髩秋欹帽，桃李心花夜照廬。好是兩鰥同嬾病，半年初答暢當書。

其二

投我三章比梵魚，初機未契且留餘。法門猛叩無方便，疑網重開有譬如。萬劫黑風迴客夢，一輪白月到吾廬。此中何句堪酬對，翻怕匆匆索報書。

立冬日小飲

枕囊秋夜長，檐齒冬日短。人生如病瘧，寒暑遞流轉。黄葉墜空庭，疾於丸下阪。鏡中好顔色，去我不少緩。百念委昨非，一閒就今嬾。床頭酒新熟，吾量殊易滿。小飲即頽然，西窗有餘暖。

吴船花燭詞爲談未庵賦十首

其　一

蘇臺人説是瑶臺，銀燭光中寶扇開。便把重陽當七夕，分明昨夜渡河來。佳期在重九前一日。

其　二

小住吴門又幾旬，蓬萊清淺話前塵。多憑一念回仙意，憐取當前背癢人。

其　三

自從踏鼓罷朝天，辜負香衾四五年。萬頃煙波誰管領，只消一隻五湖船。

其四

紅槎碧落記程程，博望歸來別有情。時未庵初自河工歸。畢竟有星難替月，鏡奩秋讓一輪明。

其五

兩槳如輪夾畫艭，水沉風細不開窗。鴛鴦湖外鴛鴦鳥，排到前溪盡作雙。

其六

洒墨含毫色色工，玉臺唱和有人同。風流白石真堪笑，但解吹簫伴小紅。

其七

取次園林放櫂宜，兩頭絃管不教隨。費他幾管生花筆，曉畫蛾眉夜和詩〔一〕。

〔一〕「和」，《原稿》作「賦」。

其八

不用攜家傍斗邊，頻伽好語自能傳。齊眉新注長生籍，知是蓬萊最小仙。

其九

曾趨粉署殿東廂，鷄舌猶餘舊賜香。好唱新翻新樂府，《賀新凉》是《賀新郎》。

其十

消磨綺語已多年，色界重生兜率天〔一〕。借取薰衣香一瓣，懺余成佛爾成仙。

〔一〕「兜率」，《原稿》作「忉利」。

題永福寺詩僧得川詩卷

蜜殊不作參寥没，湖上詩僧久寂寥。頗訝名山虚法器〔一〕，忽傳逸韻繼江潮。招呼猿鶴隨孤磬，收拾煙霞貯一瓢。倘許往來成二老，借余閒地結團焦。

〔一〕「法器」，《原稿》作「法席」。

得川疊前韻從余問詩法戲答之

唐音宋派何須問，大抵詩情在寂寥。細比老蠶初引緒，健如强弩突迴潮。閒來謹候爐中火，衆裏心防水面瓢。不遇知音彈不得，吾琴經爨尾全焦。

次韻題施翼聖東荒田舍圖

宛轉溪橋有徑通，竹梧新長屋邊叢。市聲只在牛羊外，吹散蕢洲一篴風。

壬戌秋自黔中歸張遠子游爲作槐陰抱膝圖辛巳冬至夜偶一展閱感歎之餘自作二絶句附諸君題詠後

其一

夢中惝怳豈無夢，身外依稀别有身。道是故吾吾不識，那將顔狀問他人。

其二

二十年來共唱酬，詩名曾向卷中收。故交大半已黄土，剩爾人間作白頭。

題朱楫師所藏顧咸三畫羅浮五色蝶二首

其一

山中木葉尋常化，野老籬邊作伴游。驚見畫圖新樣好，夜來高枕夢羅浮。

其二

問渠多有幾銖輕，栩栩能傳紙上聲。好笑虎頭癡獨絶，欲將蛺蝶占時名。

德尹久留杭州有卜居西溪之意歸來以詩索和次韻二首

其一

野外橋邊水竹村，不曾移徑改籬門。一冬雪少疎梅綻，百里人歸喜鵲喧。耕織終當課奴婢，田園豈易委兒孫。卜居河渚原先志，重與殘年對榻論。

其二

三間老屋住東頭，怪底仍如不繫舟。但使年豐還俗儉，何妨弟勸且兄酬。窮奢志願求偕隱，勇退風期望急流。待得手栽梨棗熟〔一〕，他時相對且忘憂。

〔一〕「梨」，原本作「黎」，誤，據《原稿》改。

寒中次前韻見寄再答二首

其一

煙火依依十里村，也如對宇望衡門。桑榆候暖差宜晚，鷄犬聲凡亦覺喧。萬事爲農長没世，一經失計又傳孫。空花眼界原無定，此境須從静者論。

其二

門開甘露此峰頭，夜半誰能負壑舟。忍鎧力持俄破戒，箭鋒機鈍已難酬。鴻濛世界憐摶土，香象江湖要絶流。肯與維摩同丈室，本來無疾更何憂。寒中久不作詩，忽爲余兄弟觸發，次章訊余，從事内典，故仍用禪語爲答。

馬素村疊魚字韻見寄八疊前韻

拙於鳩更懶於魚，百念俱灰白髮餘。已覺浮名原假設，未知禪味究何如。隙窺野馬紛無主，粉蝕瓜牛累有廬。炳燭光陰君錯料，只圖遮眼不看書。

再疊卜居韻答素村二首

其一

我愛郎家半日村，碧池一眼正當門。魚龍得氣時方蟄，鵝鴨如雲凍不喧。三徑居鄰惟二仲，兩家婚媾到諸孫。棧羊篩酒何年事，五岳遊須次第論。

其二

造化茫茫命壓頭，諸星何處證般舟。一身有母尤應惜，四大無恩可要酬。叔寶神情非俗士，孝章才氣本名流。村場酒賤須勤置，相勸休爲織室憂。來詩有不自釋者，故以此廣之。

十二月十六日雪同德尹作

野闊朝煙未起厨，一行老樹帶鴉枯。海天勢合山加峭，水墨痕消畫亦無。醉指松筠誇我健，戲摶獅象駭兒愚。何當便作堅牢玉，長與先生映白須。

歲杪有感三疊卜居韻示德尹二首

其一

西枝覓地豈無村，栗里歸來尚有門。巢鵲占風聊自穩，山蜂割蜜爲誰喧。賣薪分老朱翁子，負土深慙祭弟孫。此意旁人應不諒，家貧何事敢輕論。

其二

一回相對一回頭，往事真難記刻舟。勘破官情成汝懶〔一〕，放低詩格待余酬。煖憑爐火迴陽氣，静送冰溪過洑流。白髮蒼顔還自笑，年來方欲治幽憂。

〔一〕「破」，《原稿》作「透」。

十疊前韻答寒中二首

其一

勿將磊落笑蟲魚，冰雪峥嶸又歲餘。彈罷孤絃聲寂若，鑷殘衰鬢影皤如。小槽酒滴鄰姬甕，古篆香消佛子廬。漸覺心平無怪事，不勞咄咄向空書。

其二

曾思大海掣鯨魚，牙後誰甘拾唾餘。蕭索輪囷吾若此，飛揚跋扈爾何如。孤燈吐燄虹搜壁，萬木無聲雪壓廬。最後兩篇尤奪氣，免冠應謝不中書。

早春謁座主清溪徐公席上賦呈以下壬午。

開遍梅花薄雪餘，春來重擬舁籃輿。十年風月吟難盡，師自甲戌春歸林下，將十年矣〔一〕。百里溪山畫不如。慧業種將成佛後，精神强似挂冠初。一莊荒後無他宅，天護先生萬卷書。南陔草堂去冬被火，故云。

〔二〕「將」，《原稿》作「今」。

不到西湖四年矣壬午春分前三日與鄭春薦同遊感賦

多年不赴故人期，湖上風光異往時。紅杏橋欄遊冶騎，緑楊亭檻御書碑。劉郎前度花誰主，杜牧三生鬢已絲。口業粗償殘債盡，尚煩君記《櫂歌詞》。己卯二月，曾作《西湖棹歌詞》十二首，已失其藁，春薦頗猶記憶也。

贈楊遠卿年伯二首

其一

麈尾犀株借美談，直從公府指潭潭。將軍大樹移關右，太守名花載日南。長見恩光留卓午，最宜風景是春三。多緣難穩東山卧，五馬行看益兩驂。

其二

茱萸灣口蜀岡南，勝事年來一倍添。九曲晴波春縱棹，二分明月夜鈎簾。門前棨戟連昆友，膝下才名起孝廉。謂同年曉先。漫説黄金曾鑄印，世家原自重牙籤。

立夏日同年顧書宣招陪座主徐公泛舟紅橋歸憩天寧精舍看牡丹座主有詩恭次原韻

濛濛柳絮風，淡淡櫻桃雨。孤城迤邐盡，一水沿洄渡。此都洵繁華，里俗鄙淳素。橋迴彩鷁轉，石亞朱欄互。何期寂莫遊，復此陪杖屨。時來感節物，境往餘詩句。不到今九年，甲戌初夏隨公南歸，曾過此。依稀記前路。家家好亭館，恨不留春住。有如别故人，臨去屢回顧。勿嗟春向晚，千載猶晨暮。獨喜松柏姿，恍然仙者遇。先生近於仙術有得。耆英舊同社，雲散星布濩。興發偶重來，神清獨如故。濤江不能限，塵土詎能污。佳景際清和，名花賞修嫮。將車弟子職，繞膝孫曾趣。時任可父子俱隨侍。叩道發羣蒙，會心歸一悟。哂劉藉糟粕，卑庾工詞賦。白日爲公長，蒼顔爲公駐。願從千日醉，媿托十年樹。

兒建新任東鹿縣令將挈諸孫赴署先寄詩二首〔一〕

〔一〕「任」，《原稿》作「授」。

其一

得邑滹沱上，孤城深晉間。初聞猶恐誤〔一〕，相慰始開顔。汝性差宜僻，吾來亦愛閒。畿南風土好，不礙少溪山。

〔一〕「誤」，《原稿》作「訛」。

其二

隱德凡三世，微名爾倖成。家聲關不細，民社寄非輕。廉豈沽名具，卑宜近物情。譬如行萬里，安穩視初程。

中元後三日渡河題王家營旅壁

潦退河壖與岸平，舊題詩壁半欹傾。北裝莫笑今年蚤，頭白羞偕計吏行。

舟過寶應喬無功以家釀見餉今日旅舍悶坐聞楊次也在清江浦欲邀與共飲而爲風雨所阻

故人貽我喬家白，欲喚楊郎共醉眠。生被大河横截斷，雨昏風惡渡無船。

客舍喜晴

茅舍欣初霽，征途悶久淹。河聲秋易壯，日氣午仍炎。異俗全家駭，空囊十口嫌。兒孫頻問事，繞膝挽吟髯。

觀无忌興祖騎驢戲作短歌

兒童生長便舟居，眼中不辨騾與驢。牽來信口以馬呼，上下左右須人扶。一日駛騠防不虞，兩日妥帖稍自如。三日脱轡膽氣麤，趫捷意將誇老夫。老夫年當三十餘，從軍遠走西南隅。露青竹鞭生馬駒，徑渡烏道如莊衢。豈知今來衰病俱，髀肉消盡臀無膚。前瞻後顧悔識塗，曷不歸去勤耕鉏，看牛舐犢鷄哺雛。平生不識馬新息，據鞍矍鑠何其愚！

重興集題壁

昨去因逃水，今來未算家。巢林無定燕，啄地有饑鴉。風折青蒲葉，籬高紫莧花。涔蹄如可活，猶聚兩三蛙。

峒峿田家

雷鳴田種占城稻，田無水利者爲雷鳴田，見《欒城集》。占城旱稻不資水而生，見《宋史》。不信人間有水荒。見説今年猶苦潦，可憐井底是淮揚。

秋山曉行

忽從山麓上山椒，忽轉山腰路一條。露草燈明鷄喔喔，風林月黑馬蕭蕭。行人曉起偏多伴，古渡秋來未有橋。正是新凉好天氣，喜逢霽色又連朝。

汶河大石橋六月爲大水所壞亂流鞭馬而渡

怒水衝橋斷，崩沙壅石平。亂流風勢急，到岸馬蹄輕。直怕秋多雨，偏宜晚放晴。路難頻却顧，盡室歎長征。

晚至堵莊

淺草依頑石，纍纍似伏羱。羣兒嗤癭俗，久客解方言。犢放斜陽岸，鴉盤早穫村。趁虚人散盡，冷落近黄昏。

磨驢行

山家養驢供磨麥，石縫隨身落輕雪。前遮兩目後被鞭，步步團團踏陳迹。用東坡詩中語。君不見雕鞍玉勒紫金羈，暮越朝燕掣電馳。八百里牛千里駿，等爲人役莫相疑。

旅壁見錢亮功徐學人唱和詩戲次其韻

年來漸喜識生涯，讀罷《楞嚴》讀《法華》。共道子綦初喪偶，豈知靈運久忘家。行依古佛賢千劫，笑閲人情鬼一車。寄謝杏林雙燕子，維摩別自有天花。

蒙陰縣南十五里早飯豆花棚下

荒溪曲折凡三渡，草屋欹斜只半間。不負一餐留客坐，豆花棚下看蒙山。

黄河厓大水斷路由董樹口晚投苦水鋪

黄河故道久揚塵，驚見狂瀾限鬲津。已是泥塗又陰雨，載濡馬首況車輪。野航待渡如須友，村落初經屢問人。可但平原成畏路，此來何處不逡巡。

初入東鹿境

衡水橋邊路，西來小邑偏。人家多瓦屋，沙陸少閒田。露白收棉後，秋紅支棗天。鄰封紛水旱，容易得豐年？

八月十五日鹿城對月偶閲欒城集有中秋次韻子瞻夜字韻二詩即次其韻一示兒建一寄德尹潤木信庵諸弟

其一

陸川城中連日雨，草橋霽色宜今夜。滹沱南徙故道存，疑有蛟龍伏潭下。城南草橋之下，瀦水成潭，相傳爲滹沱故道。水面團團月東吐，城頭灔灔河西瀉。空庭置酒荇藻間，古柏高槐互相亞。廿年塵坌今已歛，此夕清涼天所借。吏曹初散不聞呼，好客能來何用謝。人言僻縣少公事，我愛閒居似村舍。不教僮僕課鷄豚，聊與兒孫給梨蔗。一杯對飲要無愧，九折驅車終可怕。平生慣被醉尉嗔，但恨未逢劉四罵。

其二

曾聞海賈海上言，萬里陰晴同此夜。可憐南北各相望，片月東升日西下。少年狂飲不論命，欲卷黄河向身瀉。今來滿盞輒不勝，甘讓人豪退居亞。感時紀物行自歎，裘敝囊空復誰借？忽見關榆葉互凋，懸知庭桂花應謝。清光過眼如流汞，故國回頭真傳舍。豈無白酒配黄鷄，苦憶紅菱兼紫蔗。壯年離别初不覺，此日羈遲老尤怕。何當歸作玩世翁，肯以文章供怒駡。

習射吟

朔野秋早寒，枯楊北風横。朝來見獵喜，欲試角弓硬。分棚無舊侣，努力行復更。稍辨良窳材，粗諳燥濕性。兒童視游戲，君子覘德行。嚆矢壯先聲，雕翎鼓後勁。持盈詎非力，入彀終有命。一勝何足矜，相形乃知病。從禽遇多詭，反己鵠必正。技小道亦存，年衰心少競。聊爲《習射吟》，庶比良友諍。

重陽日一畝園登高同德尹作

一笑相從亦偶然，勞生誰料再遊燕。黄花濁酒憐佳節，老樹空庭感昔年。對榻翻牽連夜夢，登高獨欠故山緣。只應鴻雁如兄弟，不忍分飛便各天。